著 水間ノボル

序盤でボコられるクズ悪役貴族に転生した俺、死にたくなくて強くなったら主人公にキレられました。

《え？ お前も転生者だったの？ そんなの知らんし～》

主な登場人物
CHARACTER

ジーク

「ドミナント・タクティクス」では主人公ポジションのキャラクター。アルフォンスの活躍ぶりに嫉妬している。

アルフォンス

ゲーム「ドミナント・タクティクス」のモブ悪役貴族に転生した青年主人公。原作通りの退場ルートを回避して平穏な暮らしを送るために努力している。

プギー

アルフォンスが水魔法で生成する、主人想いなスライム。

リーセリア
レギーネの親友。
オリヴィア
アルトリア王国の王女。王位争いに備えてアルフォンスを味方に加えようと目論む。
レギーネ
アルフォンスの婚約者。我儘な性格で、ツンデレなところがある。

第一話　クズ悪役貴族に転生しました

「ぐ、ぐるしい……っ！」

気がつくと俺は、ベッドの上で女の子の首を絞めていた。

「はっ！　ご、ごめんっ！」

俺はとっさに、女の子の細い首から手を離す。

いったい俺は何をして……？

というか、ここはどこなんだ？

大きなベッドに、高級そうな調度品が並ぶ部屋。

まるでどこかの貴族の屋敷みたいだ。

「はあはあ……アルフォンス様、今日はこれでおしまいですか？」

少女が自身の首元に手を当てながら、俺に向かって聞いてきた。

「……？」

アルフォンス？　どこかで聞いたことのある名前だな。

たしか俺がやっていた十八禁ゲーム『ドミナント・タクティクス』に同じ名前のキャラクターがいたような……

俺はおそるおそる女の子に聞いてみる。

「もしかして君が言ってるのってアルフォンス・フォン・ヴァリエのこと？」

「……？　そうですけど」

マジかよ。

彼女の反応を見て、俺は察した。

慌てて机の上にある鏡に目を向けると、そこには頬の肉が醜《みにく》くたるんだ銀髪の少年の顔が映った。

どうやら俺は、自身がプレイしていたゲームと同じ世界に転生してしまったらしい。

しかもこの姿は主人公ではなく、悪役貴族のモブであるアルフォンスというキャラクターだ。

「それで、アルフォンス様……その、今日の『窒息ゲーム』はおしまいですか？」

彼女の言う窒息ゲームとは、アルフォンスが大好きなメイドいじめのことだ。

制限時間を設けて、お付きのメイド――リコの首を死ぬ限界まで締め、もし時間切れまで生きていたら金貨を一枚渡す……性格最悪なゲームだ。

ということは目の前の少女がリコか。

「おしまいだ」

「……本当に、おしまいですか？」

リコが怯えた目で俺を見つめる。

この様子を見る限り、アルフォンスはリコに相当酷いことをしてきたらしい。

「あぁ。もう二度と、こんなことしない」

アルフォンスは、アルトリア王国の侯爵令息だ。

ゲームの設定では、魔法を使えるのは貴族だけであり、魔力の強さは血統によって決まるとされる。そして、その中でもヴァリエ家は古代から代々続く優秀な魔術師の家系だ。

そしてこのゲームの舞台であるアルトリア王国は強烈な身分制社会であり、平民は貴族に絶対服従させられる。

そんな世界で貴族に生まれたアルフォンスは、高貴なる者の義務《ノブレス・オブリージュ》を身につけるどころか、平民をイジメまくる最低最悪のクズ。

容姿は豚のように太って醜《みにく》く、性格は傲慢《ごうまん》・怠惰《たいだ》・陰険で、女の子を痛ぶるのが大好き。

そんなアルフォンスのこれからは、ゲームの序盤で主人公にボコられ、中盤に入るとこれまでの悪事を暴かれて、断罪され王国を追放される。

いわゆるざまぁの対象だ。

ネットではクズフォンスと揶揄《やゆ》されているキャラクターでもある。

「えっ!?」

「今まで本当にごめん」

信じられないものを見るような顔をしたリコに俺は頭を下げた。

「アルフォンス様……頭でも打ちましたか？」

「いや……とりあえずひとりにさせてくれないか？」

「わかりました」

リコを部屋から出して、俺はひとり今後の生き方について考え始めた。

「さて……どうしようか？」

たしか学園入学時のアルフォンスは十五歳。

今はおそらく十歳くらいだろう。

これから五年後に、アルフォンスは学園で主人公と会い、非道な行いをしているところを見られてボコボコにされる。

ゲームと同じ目に遭わないようにするためには、不用意に主人公やヒロインに近付かないこと。

それからゲームでのアルフォンスのような悪辣《あくらつ》な行為は絶対にしないこと。

できれば追放された時を考えて、生き残れるだけの強さも手に入れておきたい。

冒険者になってダンジョン探索などをして、鍛錬するのもいいかもしれないな。

「よし。大体の方針は決まった。まずは明日から早速魔法の練習だ」

◇　◇　◇

「ぐ……っ！　あと十秒だ」

空中に浮いていた水玉が、地面に落ちる。

「はあはあ……今の力じゃ三十秒が限界か」

屋敷の庭で、俺は魔法操作の訓練をしていた。

ヴァリエ家は魔術師の家系だけあって、魔法に関する本がたくさんあったので、俺は本を読みまくり、少しでも魔法のことを知ろうとした。

メイドたちも親も俺――アルフォンスが自主的に勉強する姿にめっちゃくちゃ驚いていた。

だがおかげで、魔法の基礎が魔法操作――魔力を使って物を動かすことにあるらしいことはわかった。

そこで今は、バケツに入った水を球体にして宙に浮かせて魔力操作の感覚を掴《つか》もうとしていたのだった。

「ロゼリア先生、どうすれば水玉をもっと長い時間浮かすことができますか？」

俺は近くにいた女性に声をかけた。

彼女はロゼリア・フォン・アインベルン――アルフォンスの家庭教師を務めるキャラクターだ。

たしか二十五歳くらいで、メガネをかけた、緩い巻き髪の女性魔術師。

ゲームだと、アルフォンスの度重なるセクハラや嫌がらせが原因でボロボロになって、命を絶つ。

リコと同じくアルフォンスの被害者のひとりだ。

ロゼリア先生は俺の言葉を聞いて、困惑した顔を浮かべる。

「……アルフォンス様、す、すみませんっ！　これ以上、水玉を浮かせる方法はありません……」

「え？　そうなんですか？　魔力操作は魔法の基本だから、もっとしっかりできるようになりたいのですが……」

「教えたいのはやまやまですが、アルフォンス様はすでに三十秒間継続して水玉を浮かせることができています。これ以上は……私では教えられなくて……」

ロゼリア先生はビクビクしながら言う。

まるで恐ろしいものを見るような目をしていた。

きっとこれまでのアルフォンスが散々いじめまくってきたから、怯えているのだろう。

嫌がらせを執拗にしながらも、ロゼリア先生が少しでも抵抗するとクビにすると脅すような男だ。

おそらく嫌われているに違いない。

俺がしばし黙り込んでいたら、ロゼリア先生がおそるおそる尋ねてきた。

「わ、私はクビですか……？」

「クビになんかしませんよ。先生にはいつも感謝していますから」

「……！」

ロゼリア先生が口を押さえて固まった。

もしかして今の発言も何か気に障るところがあったのだろうか。

やっぱりアルフォンスはかなり嫌われているんだな。

「もっと魔法を教えてください。俺、先生のもとでもっと強くなりたいんです」

「……無理ですっ！」

「あっ！　待って！」

ロゼリア先生がその場から走り去ってしまった。

「ここまで嫌われていると……さすがにショックだな」

さすがいいところがひとつもない悪役キャラだ。

ネットで、「ざまぁ」されるシーンは何度も動画を上げれられていただけのことはある。

じーっ。

俺がため息をつくと、今度は背後に誰かの視線を感じた。

俺が振り返ると、リコが立っている。

「リコ！　何か用かな？」

「ひっ！　す、すみません……！」

リコも謝るだけで、その場から逃げるように去ってしまった。

「二人からこの対応なんて……ひどい嫌われようだな」

◇Ｓｉｄｅ：ロゼリア◇

私はロゼリア・フォン・アインベルン。

準男爵家の長女にして、普段は魔法を教える家庭教師をしています。

準男爵家は、公爵、侯爵、伯爵、子爵、男爵、準男爵と爵位が並ぶ中で、貴族の中では一番下。

当然、生活は裕福とは言いがたいので、こうして家庭教師の仕事をすることで、家を助けているのです。

最近は、ヴァリエ侯爵家の子どもを担当しているのですが、この子がまた酷い生徒でした。

魔法の鍛錬そっちのけであたしの胸やお尻を平気で触ったり、無理矢理キスしようとしたりするようなただのクソガキ。そして、バカで無能。

あまりにも何も学習しないので、私は見切りをつけて辞めようとまで思っていたのですが……

「昨日までは何もできなかったはずが、今日いきなり水玉を浮かせられるようになっているなんて……す、末恐ろしい……っ！」

魔法の才能がない――能無しだと思っていたアルフォンス様が、尋常ではないスピードで成長していたのです。

アルフォンス様からはさらに上のレベルを要求されたのですが、思わず逃げ帰ってきてしまいました。

今は自分の部屋で、頭を抱えています。

「今までは単に本気を出していなかっただけなのでしょうか……？　いやいや、それにしても、もうあの精度の魔力操作ができているなんて……」

わずか一日で、すでに大人の貴族のレベルまで到達している。

「しかも、水玉自体の形もキレイで、揺らぎもなくて……完璧すぎるのよね」

正確に水玉のコントロールを持続して行えるのは、膨大な魔力と、それを操るセンスがあるという証拠だ。

だが、ここでひとつ問題がある。

「次の授業、何を教えたらいいんだろう……」

生徒の才能が開花することは嬉しいが、もう教えることがなくなってしまった。

「侯爵からの依頼は、アルフォンス様に魔法を知ってもらうこと。教えるのも、初級レベルの魔法までだ。この先を教えようとすると上級レベルになってしまう……これ以上は私の手に負える生徒ではないかもしれない」

魔法は人を傷つける力があるので、魔法学園に入るまでは初級レベルより上の内容は教えてはいけない決まりだ。

だとすれば、ここでそろそろ身を引いた方がいいだろう。

◇Ｓｉｄｅ：リコ◇

あたしはリコ・フリーレ。

今年で十八歳になる、ヴァリエ侯爵家のメイドです。

仕えている主人はアルフォンス様という、最低の侯爵令息……だったのですが、その主人が最近、別人のごとく変わりました。

ひとつは、食事の時に「あーん」をしなくなりました。

これまでのアルフォンス様なら「貴族は自分の手で飯を食わない」というよくわからない理由を

つけて、私にご飯を食べさせるよう促してきたのですが、その行動がなくなったのです。

でも、最近は普通に食事をとりますし、それどころかあたしに一緒に食事をとるようにまでおっしゃります。

貴族と平民の身分差が絶対のこの社会において、主人がメイドと同じ食卓を囲むなんてあり得ない話なのですが、アルフォンス様は気にせず対等に接してくれています。

それから見た目も別人のようになりました。

野菜嫌いで運動もせずだらけていただけだったので、以前まではかなり太っていたのですが、今は好き嫌いもしませんし、日々しっかり鍛錬しています。

そのせいか、どんどん痩せてかっこよくなっているのです。

魔法の学習にも熱心で、毎日、毎日、お屋敷の庭で倒れるまで、魔力操作を続けています。

どうやら魔力操作は、相当な集中力が必要らしく、毎日汗だくになるまで頑張っています。

その結果、浮かせられる水玉は毎日増えていき、今では同時に二十個も浮かせられるようになりました。

家庭教師のロゼリア先生も、驚くほどの成長ぶりです。

「アルフォンス様は、きっと才能があるのよね……」

あたしは平民なので自分で魔法を使うことはできませんが、アルフォンス様に才能があるのはわかります。

今まではきっと本気を出していなかっただけなのでしょう。

夜は魔法の本を読み漁《あさ》っていて、お夜食にも手をつけないほどの集中ぶりです。

ロゼリア先生曰く、かなり高度な魔法理論もすでに習得されているようです。

「この手紙はどうしたらいいか……」

そんな頑張りを見ている人もいたようで、私のもとにラブレターまで届くようになりました。

もちろんあたし宛ではなく、貴族のご令嬢から預かったアルフォンス様宛の手紙です。

話を聞くと、お庭でアルフォンス様を見かけて一目惚れされたとのこと。

「でも、アルフォンス様にはまだ早いですよね……」

あたしはラブレターを隠しておくことにしました。

うん。これは、専属メイドの務めです。

ここまで素敵に成長されているアルフォンス様に悪い虫を近付けるわけにはいきませんから。

第二話　許嫁《いいなずけ》の来訪

「アルフォンス様、今日はレギーネ様が来る日です」

レギーネ・オルセン。侯爵令嬢で、アルフォンスの婚約者だ。

ゲームのシナリオでは、アルフォンスが主人公にボコられた後、アルフォンスと婚約破棄して、主人公の攻略対象になるヒロインのひとりだ。

たしかアルフォンスとの仲は初期の頃から険悪だと聞いているし、ここは会わない方が安全か……

「……今日は風邪だから会えないと断ってくれないか？」

「えっ？　レギーネ様は婚約者ですよ？　お会いしないわけにはいきません」

レギーネとの婚約は、完全な政略結婚だ。

オルセン家は現国王の親戚で、王族に連なる家系なのだが、先代が領地経営に失敗して、財産の多くを失ったという歴史を持つ。

そこで、王国一の金持ちであるヴァリエ家に目をつけ、関係性を強化することで領地の財政基盤の立て直しを図っているようだ。

アルフォンスの悪評も相まって、二人は愛し合っていなかった。

「最近のアルフォンス様は、前とは違います！　とってもカッコよくなったのですから、きっとレギーネ様も……」

「いや、でも――」

「でも、じゃありませんっ！　以前までのアルフォンス様とは別人のようですよ！　この間も街で女の子のことを助けていたじゃないですか！　巷《ちまた》では『水の魔術師』なんて言われているみたいですよ？」

リコが言っているのは、先日侯爵領内の街・ガレオンに行った時の話だ。

迷子の女の子と会い、見るに見かねて俺が世話をしたのだが、その様子に彼女はとても感動しているみたいだった。

俺がなおも渋っていると、リコが力強く言った。

「さあ早く支度してくださいっ！」

リコに無理矢理、背中を押されて会うことになってしまった。

「…………」

「…………」

レギーネとのお茶会が始まった。

だが、席に着いてから一言も会話はなく沈黙が続いている。

めっちゃくちゃ気まずい……

金髪の巻き髪に、青い瞳。

紅茶を飲む仕草は、美しく優雅で本物の貴族って感じだ。

俺も貴族だけど……

「最近……魔法の鍛錬をされてるとか」

ずっと黙っていたレギーネが、ようやく口を開いた。

◇Side：レギーネ◇

あたしはとっても憂鬱《ゆううつ》だった。

「はあ……明日は久しぶりにクズフォンスに会いに行く日か」

親が勝手に決めた婚約。

オルセン家のためとは言え、あんなキモブタと結婚しないといけないなんで……

あまりの嫌悪感に、あたしはつい部屋の窓から下を見る。

「ここから飛び降りちゃおうかな。あたし」

ここは屋敷の二階だから、飛び降りてもせいぜい骨が折れる程度だけど、明日会わなくて済むならそれもいいかもしれない。

それほどまでにクズフォンスと会うのは気が重かった。

クズフォンスとは、すでに何度かお茶会をしているが、毎回鼻をフガフガさせて、気持ち悪い視線を送ってくるのだ。本当にキモすぎて、紅茶もクッキーも吐いてしまいそうになるくらい。

それに、今のあたしには気になる人が別にいる。

「水の魔術師様と、結婚できたらいいのに……」

一度、ガレオンの街に行った時、街の広場で、泣いている女の子がいた。

親とはぐれた迷子で、たぶんよその国からやってきた子。

よそ者に冷たいガレオンの人たちは、迷子がいても見て見ぬフリだった。

でも、そこに水の魔術師様は周りの目を気にすることなく、その子に近付いて、噴水からキレイな水玉を作って渡していた。

スライムみたいにぷにぷにする水玉をもらって、女の子は笑顔になった。

あんな高度な魔法を、涼しい顔で使うなんて！

「水の魔術師様、本当にイケメンだったなあ……」

通りかかった時に後ろ姿を少し見ただけだけど、銀色の髪に、すらっと高い背。

とても素敵な出で立ちだったな。

「あのキモブタも、髪だけは銀色なのよね……」

でも体型や性格はまったく違う。水の魔術師様の爪の垢を煎《せん》じて、ガブガブ飲ませてやりたいくらいだ。

「レギーネお嬢様。紅茶を淹れました」

メイドのセリアが部屋に入ってくる。

「ありがとう。ちょうど飲みたかったところだったの」

「ふふふ。レギーネお嬢様、また水の魔術師様のこと考えてましたね？」

セリアとは、あたしが生まれた時から一緒にいる。

「ち、違うわ……」

「うふふ。顔が真っ赤ですよ。恋してますね？　水の魔術師に」

身分は違うけど、まるで姉妹のようにからかい合うような関係だ。

あたしが気になっている水の魔術師というのは、ヴァリエ侯爵領で話題になっている謎のイケメン魔術師のことだ。

水魔法で領地中の水道を整備して回ったり、この前の女の子の時のように人助けをしているらしい。あっという間に女の子のファンができて、目撃情報があるとみんながヴァリエ領に押し寄せるようになったようだ。

「明日は、アルフォンス様とお茶会の日ですね」

「死ぬほど嫌よ。水の魔術師様と同じなのは『銀髪』なだけだし……」

「ヴァリエ侯爵家の近くで新しい目撃情報が出たみたいですよ」

「本当に？」

「ええ。もしかしたら水の魔術師に近付ける情報が手に入るかもしれませんね」

キモブタには会いたくないけど、水の魔術師様が近くにいる可能性があるなら行くしかない。

それだけが、あたしの楽しみだ。

「水の魔術師様と会えますように……！」

◇　◇　◇

「アルフォンス様、今日もレギーネ様が来ました」

「え？　三日連続だぞ？」

前まではかなり期間を空けて会っていたはずのレギーネが、なぜかここ最近頻繁に訪問してくる。

「でも話すことないしな……」

しかも俺に会いに来ても、彼女から言葉を発することはめったにない。

じっと虫を観察するみたいに俺を見るだけ。

正直言って、気味が悪いというか……

「何を考えてるのか、サッパリわからないんだよ」

「なるほど……私の予想では、レギーネ様はアルフォンス様に何か言いたいことがあるけど言い出せないという状況のように感じますね」

「うーん。何を言い淀《よど》んでるんだろう？」

婚約破棄の申し出だろうか？

クズな性格のアルフォンスがどんな反応をするか怖くて、なかなか言えないのかもしれない。

「とりあえず、今日は先約があるから会えないよ。冒険者ギルドで剣の鍛錬だ」

「け、剣の、たんれん……っ!!」

リコがふらっと倒れそうになる。

「リコッ！　危ない！」

俺は間一髪のところでリコを抱きとめた。

「ア、アルフォンス様が、剣を握るなんて……明日世界が終わるかも……」

長年アルフォンスの側にいたリコにとって、今のは卒倒するような発言だったのか。

「しかし、なんでまた剣を？　『剣は下賤《げせん》な平民のもの』と言っていたじゃありませんか？」

たしかに『ドミナント・タクティクス』の世界では、魔法を使えるのは貴族のみのため、魔法を使えない平民は自《おの》ずと剣で戦うことになる。

だが主人公だけは、平民でありながら魔法を使うことができて、もちろん剣の腕も立つ。魔法も剣もどちらも天才で、その力で貴族たちを蹂躙《じゅうりん》していく。

もしシナリオ通りに進んだら、俺は学園で主人公に追放されるので、冒険者になって生きていくつもりだった。

冒険者の世界は強さがすべての実力主義。剣も魔法もどちらも使えた方がいい。

「少しでも強くなるためだよ。強くなって、ヴァリエ家の領民を守りたいんだ」

だが、貴族が冒険者を目指すのは野蛮だと言われているため、ここでは俺の本当の意図は隠しておく。

俺はリコに予《あらかじ》め考えておいた理由を伝えた。

「とても立派ですね。ただ、最近のアルフォンス様は立派すぎて、どこか遠くへ行ってしまった気がしてちょっと寂しいというか……」

「寂しい？」

「いえっ！　今の言葉は忘れてください……」

なんだかレギーネだけでなく、リコの様子も最近変だな。

◇　◇　◇

リコに頼んでレギーネとのお茶会を断ってもらい、俺はガレオンの冒険者ギルドへ向かった。

この世界では、貴族は自らが冒険者を目指すことがほとんどない代わりに、自分の領地に冒険者ギルドを持っている。

表向きはギルドは独立した組織だが、実際には貴族から金銭的な援助を受けないと、ギルドは運営できない。要するに、貴族はギルドのケツモチみたいなものだ。

唯一の例外は、主人公が後に所属する『栄光の盾』と呼ばれるギルドだ。ここはＳＳランクの人間だけを集めた最高峰の組織で、貴族から一切の援助を受けずに活動している。

ギルドの訓練場に入って、俺は剣術を教えてくれる師匠を待っていた。

父親には、事前に師匠の手配を頼んでおいた。

「貴族が剣を振れるわけねえ」

「ヴァリエ侯爵のブタ息子じゃん」

「マジで邪魔だわ」

冒険者からは罵詈雑言《ばりぞうごん》が飛んでくる。

ここでもアルフォンスの悪評は広まっているのか。

それはさておき、父親はすごい師匠をつけてやると言っていたが、いったいどんなやつなのか。

「アルフォンス殿、待たせましたね」

「え？　あなたはSランク剣聖の、クレハ・ハウエルさん……！」

桃色の髪を束ねた剣士が鳶《とび》色の瞳で、俺をまっすぐ見据える。

「あなたがヴァリエ侯爵の令息ですね。剣を習いたいとのことですが……」

明らかに不機嫌そうな声だ。最初から嫌われているらしい……

おそらく俺の父親に無理矢理雇われたのだろう。

クレハは主人公が学園を卒業した後、仲間になるキャラだ。

だからゲームのシナリオ通りなら、そもそもアルフォンスがクレハと出会うことは絶対にない。

そもそも自分の親を貴族に殺された過去を持つクレハにとって、権力を振りかざす貴族は憎むべき相手でもある。

つまり、アルフォンスはどストライクで嫌悪の対象。

「ギルドからの依頼で、あなたに剣を教えることになりました。早速ですが、あなたの実力を見せてもらいましょう」

クレハが訓練用の木剣を俺に差し出した。

その時、俺の耳元で――

「どうせ遊びでやっていることでしょうから、手加減してあげますよ……」

クレハがそう囁《ささや》いた。

「違う。俺は、真剣に強くなりたいんだ――」

◇Side：クレハ◇

ギルドの依頼で仕方なく侯爵令息の剣の指導をすることになって数日、あたしは打ちひしがれていた。

「あたしの今までの努力っていったい……」

アルフォンス様の、圧倒的な才能に。

初日の手合わせこそ勝利したものの、その後の鍛錬のたびにアルフォンス様はどんどん強くなっている。

子どもの頃、無能貴族の魔法が暴走したせいで家族を殺されて以来、あたしは貴族の存在を嫌悪していた。

そして、残った妹のアイラを養うために冒険者になり、あたしはひたすら剣の腕を磨いてきた。

冷徹に任務をこなすあたしを『氷の姫騎士』なんて呼ぶ人もいる。嫌いな呼び名だけど。

いつしか『剣聖』と呼ばれるようになり、あたしのもとにたくさんの貴族や騎士が弟子になりたいと言って集まるようになった。

だけど、みんなすぐ音を上げる。あたしの指導が厳しすぎると言って。

だから今回の依頼者も数日かからず諦めると思っていた。

ヴァリエ家はギルドの支援者だから、ギルマスに頼まれて仕方なく引き受けただけだ。

でも、その思惑は外れた。

毎日、アルフォンス様は必ず鍛錬にやってくる。

あたしがどれだけ倒しても、剣を振り続ける。

そして何より――

「上達速度が尋常じゃない……っ！」

間合い、呼吸、体幹、目線、先読み……

一流の剣士のセンスをアルフォンス様は備えている。

ポテンシャルがすさまじい。

「圧倒的才能ね……」

たしかアルフォンス様は『キモブタ』『無能貴族』『ヴァリエ家の恥晒し』と言われるような人間だったはずなのに。

きっと今まで、誰もアルフォンス様の才能に気付いていなかったということなのだろうか。

王国一の金持ち貴族の家に生まれたから、今まで努力をする必要がなかっただけで、少しでもやる気を出したらここまで伸びるものなのか。

「才ある者が努力したら、そりゃすごいわよね……」

あと一年、いや、半年も鍛錬すれば、アルフォンス様はあたしを追い越してしまう。

「あたしを師匠って呼んでくれるのは、もってあと半年か……」

もしあたしが師匠でなくなったら、アルフォンス様とはお別れだ。

でも、これからのアルフォンス様の成長を見届けたい。

「もっとアルフォンス様と一緒にいるにはどうすれば……」

第三話　アルフォンス様に忠誠を誓います

「アルフォンス様……今日で家庭教師を辞めさせていただきます」

「えっ？　どうして？」

授業が終わると、ロゼリア先生が突然辞職を申し出た。

「私がアルフォンス様に、教えられることがないからです……すでにアルフォンス様は、私の実力を遥かに超えてしまいました。辞職については、ヴァリエ侯爵様の承諾をいただいています」

俺に話す前に、辞職の意志を固めていたらしい。

「そんな……」

「来年、セプテリオン魔法学園に行けば、アルフォンス様のレベルに合った魔法をもっと学べます」

セプテリオン魔法学園――王都にある一流の魔法学園だ。

主人公とアルフォンスが出会う場所でもある。

「でも、俺はロゼリア先生ともっと……」

「……すみません。もう決めたんです」

「せめて新しい就職先を紹介させてください。父上に頼んでみます」

「ありがとうございます。アルフォンス様は紳士ですね」

『キモブタ侯爵令息』と呼ばれていたアルフォンスが、女性から紳士と言われる日が来るなんて……

うん。よくやったぞ。アルフォンス……って俺のことか。

「またアルフォンス様とお会いできましたら、その時は一緒に魔法の研究をしましょう」

「はい！　ぜひっ！」

俺はロゼリア先生と握手した。

シナリオでは、ロゼリア先生はアルフォンスのセクハラとパワハラに耐えかねて自殺する展開だったけど、とりあえず、ひとつ破滅の未来を変えることができてよかった……

◇　◇　◇

翌日、ギルドの鍛錬場に俺は来ていた。

今日はクレハさんとの剣の鍛錬の日だ。

「アルフォンス様、手合わせ願います。いつもは教えながらですが、今日は真剣に」

クレハさんが剣を抜いた。

訓練用の木剣でなく、真剣での手合わせなんて初めてだ。

クレハさんの表情もいつになく真面目だった。なんとなくいつもと雰囲気が違う……

「わかりました。こちらこそお願いします」

俺も剣を抜く。

せめてカッコ悪い負け方だけは、しないようにしないとな……

「はあああああああ……っ！」

クレハさんが踏み出して、突きを繰り出す。

俺の喉《のど》を狙っているように見せかけているが、これは――フェイクだ。

ガラ空きになった俺の胴へ、横薙ぎを喰わすための陽動。

……見える。クレハさんの剣と、思考が。

右の胴へ素早く迫る剣を、俺は自分の剣で受け止めた。

よし！　このまま剣を下へいなせば――

「く……っ！」

クレハさんが足がもつれさせて、その身体がよろめく。

体勢を崩したクレハさんの肩へ、俺は剣を振り下ろして寸止めした。

「わたしが……負けた」

驚いた表情をしながら、クレハさんが床に手をつく。

いつの間にか訓練場の周りにいた冒険者のギャラリーがざわつく。

「マジかよ……氷の姫騎士が負けた！」

「何が起こったんだ？　全然見えなかったぞ……」

「あのクズ貴族が勝つなんて！　し、信じられない！」

「アルフォンス様、見えたのですね？」

クレハさんは立ち上がりながら、俺に微笑む。

「……はい。見えました」

クレハさんが言っているのは、太刀筋のことだ。

さっき俺には、はっきりとそれが見えていた。

「アルフォンス様、あなたはわたしの剣を見切りました」

俺はこれまでの鍛錬の間、ずっとクレハさんを観察していた。

太刀筋だけじゃない。クレハさんの呼吸、視線、重心、手足の動き——

それらを目に焼きつけた後、寝る前に毎日、脳内で動きを再生する。

イメージトレーニングを続けていたら、最初は見えていなかったものが、徐々に見えるようになっていた。

「相手の動きを見切る目は、剣で最も大切なものです。それをこの短期間で習得できたアルフォンス様にはやはり才能があります」

とても嬉しそうな顔をして、俺の顔を見つめるクレハさん。

「次に大切なものは、反射神経。これはなかなか鍛えることができないはずですが……」

たとえ相手の動きが見えるようになっても、反応できなければ意味がない。

だが俺は、一流の騎士のクレハさんと、剣を交えてきた。

何か特別なことをしたわけじゃない。

クレハさんの速い動きについていけるように、身体が自然と鍛えられた。

「では——成長したアルフォンス様に本気をお見せしましょう」

そう言うが早いか、ふわっと、クレハさんが宙に舞う。

「奥義《おうぎ》——飛び回転斬り」

一度宙に飛び上がり、敵目がけて回転しながら放たれる剣技だ。ジャンプの勢いと、身体を捻ることで得られる遠心力を用いて、敵の防御ごとぶった斬る必殺技。

原作でもボスキャラ相手によく使っていた。

一撃でも当たれば、勝負は終わる。

だが、この攻略法を俺は知っている。

身体の回転に合わせて背中に回り込むと、絶対に躱《かわ》せるのだ。

同時に、剣の死角へ入れば――

「……完璧にわたしの負け、ですね」

クレハさんの背後に回った俺は、首筋の後ろに剣を突きつける。

俺のカウンターが決まった。

「今の動きでわかりました。アルフォンス様は……やはり本物です」

立ち上がったクレハさんは、負けたというのに清々《すがすが》しい表情をしていた。

「もし本当の戦闘なら、わたしは二度、死んでいました」

「いや、そんなことは……」

俺が言いかけた時、クレハさんは意を決したように話し始める。

「……アルフォンス様にお願いがございます。師匠を辞めさせていただけませんか」

「えっ？　どうして？」

突然の師弟関係解消に、俺は驚く。

ロゼリア先生に続いて、クレハさんも……？

「あたしが教えられることはもうないからです」

「でも、俺、まだまだ未熟者で……もっと師匠からいろいろ学びたいのですが」

魔法はまだしも、剣は初めてまだ半年ほどだ。

「アルフォンス様の剣は、あたしを凌《しの》ぐほどの力があります。あとは実戦の中で技を磨けばよいかと」

「師匠は俺より強いじゃないですか。だからまだ俺の師匠に……」

「アルフォンス様は、無意識のうちに私に手加減をしているのだと思います。師匠を倒してはいけないという、いわば心の障壁があるのです」

「心の、障壁……？」

「ええ。師匠より強くなった弟子には、よくあることです。私の存在がすでに、アルフォンス様がさらに強くなる障害となっています」

「俺が無意識にわざとクレハさんに勝たないようにしている……」

「はい。でも先ほどの手合わせで確信しました。その障壁ももう少しで克服できると。だからもはや教えることはありません。しかし……私はアルフォンス様の剣才をもっと見ていたいのです。だから……」

クレハさんが俺の前に跪《ひざまず》く。

「私をアルフォンス様の師匠ではなく、騎士にしてください。アルフォンス様のお側に置いていただけませんか？」

騎士契約――貴族が冒険者を騎士として雇い、その冒険者はひとりの主君に忠誠を誓う。

「剣聖のクレハが無能貴族の騎士に……」

「あり得ないだろ。信じられない」

「どの貴族とも絶対に契約しなかったのに」

再び周囲の冒険者からどよめきが上がった。

剣聖のクレハさんは、たくさんの有力貴族から騎士契約のオファーがあったが、すべて断ってきたらしい。シナリオでは、クレハと騎士契約をするのは主人公だ。

だからここで俺が契約すれば、主人公とは契約を結べなくなる。

「アルフォンス様、お願いします。どうか私と騎士契約をしてください……」

クレハさんがアルフォンスの騎士になってくれたら、冒険者になった時に心強い。

それに、クレハさんはアルフォンスの剣の才能を認めてくれた人だ。

シナリオが完全に壊れてしまうが……無下に断ることはできないな。

「わかりました。騎士契約しましょう」

「つ……っ！　あ、ありがとうございますっ！」

クレハさんが笑顔で立ち上がった。

「では、騎士契約を行います」

俺は剣に魔力を込めて、詠唱する。

「汝《なんじ》、我を生涯の主君として忠誠を誓うか？」

「誓います！」

「汝を我の騎士とする」

俺は剣で、クレハさんの両肩を叩いた。

これで契約完了だ。

ゲームだと主人公の仲間だった存在が、アルフォンスの仲間になるなんて……

◇　◇　◇

「アルフォンス様、おはようございます……」

リコが俺を起こしに来た。

妙にテンションが低い、なんてもんじゃない。

初めて出会った時よりも何倍も元気がなかった。

「どうした……？　体調悪いのか？」

「す、すみません……今日は……アルフォンス様が魔法学園に行く日。アルフォンス様と離れるかと思うとあたし……う、う、うわあああああああんっ!!」

リコが泣き出してしまった。

想定外の反応に、俺は戸惑う。

原作では、リコはアルフォンスをゴキブリのごとく嫌っていて、彼の嫌がらせに耐えかねて、ロゼリア同様自ら命を絶つ哀れなメイド。しかも、テキストでそのエピソードが出てくるだけのただのモブだ。

シナリオ上で大きく影響してくるのは、リコが記した遺書だ。

それにより、アルフォンスの悪事がすべて明らかになり、アルフォンスは退場する。

つまり、リコはアルフォンスの破滅のきっかけを作るキャラなのだ。

だから、これまでもリコの好感度がマイナスにならないように、かなり注意して対応していたのだが――

「もうアルフォンス様のお世話をできないと思うと、胸が、張り裂けそうで……死んでしまいたいです」

「え……えーと、リコは俺と関わるの嫌じゃなかったの？」

「最初は……ほんの少し嫌だったんですけど、今は……むしろお世話できない方が辛いといいますか……」

「そ、そっか……」

これは、リコの好感度が思ったより上がってしまったということか？

それとも、主人に気を遣って演技しているのか？　いや、リコの目を見ると、どう考えても俺を騙《だま》しているようには思えないが……

「アルフォンス様にお仕えできないのでしたら、あたしの人生には悔いはありません……いっそのこと――」

リコは、テーブルに置いてあったレターナイフを手にとって、自身の喉元に突きつけた。

「死んでしまいます……っ！」

ヤバい。このままじゃ、ルートは違うのにシナリオと同じようにリコが自殺してしまう！

「待ってくれ……っ！」

俺はリコの腕を掴む。

「では……アルフォンス様のお側に、一生、置いてくださいますか？」

「置く、置くよ！　置くから死ぬのはやめてくれっ！」

「……でしたら、魔法学園の寮でも、アルフォンス様の使用人にしていただけますね？」

「うん。リコが俺の使用人だ」

「あたしだけを、使用人にしていただけますね？」

ぐいっと、リコが顔を近付けてくる。

もしかして脅されてる？

俺が一瞬返答に迷っていると、再びリコがレターナイフに手を伸ばす。

「……わかりました。あたしの他にも女をお側に置くのですね。では、この首をぶった切って――」

「わかったっ！　リコだけを使用人にするから！」

「……ありがとうございます！　リコはとっても嬉しゅうございます。誠心誠意、身も心も、昼も夜も、アルフォンス様にお仕えいたしますっ！」

気になる言い回しだったが、リコが死ぬのをやめてくれたのならよかった。

「では、学園へ行く支度をしましょう」


魔法学園に行く準備を終えた俺は、屋敷の門の前で、馬車に乗ろうとしていた。

さすがは王国一の金持ち貴族、ヴァリエ侯爵家。

馬車は金ピカだ。

馬の蹄《ひづめ》まで黄金にしていて……

完全にお金の無駄遣いだろ……父上は何を考えているんだ？

こんな馬車で街を通れば、民衆のヘイトを買ってしまうし、森では盗賊に襲われる危険だってあるだろうに。

「アルフォンス様。ヴァリエ侯爵様からご伝言です。『息子よ。貴族たる者、民衆から憎まれても贅沢をせよ』とのことです」

「マジかよ……」

そんなこと言ってるから、ヴァリエ侯爵家は滅亡したんじゃ……ある意味、貴族らしいとも言えるけど。

しかし、今から新しい馬車を探していては、入学式に間に合わない。

「……アルフォンス様、おはようございます」

俺がどうするか悩んでいたら、レギーネが屋敷の門から入ってきた。

「おはよう。レギーネ」

「……これからご出発ですか？」

「うん。レギーネも？」

「はい……」

相変わらず、俺に対しては言葉数が少ないレギーネだ。

シナリオでは、レギーネは学園編で、アルフォンスと婚約破棄して主人公を好きになる。

主人公が作るハーレムの一員だ。

アルフォンスのことは、子どもの頃から嫌っているという設定。

最近、なぜかちょくちょくヴァリエ侯爵家を訪ねてきたが、結局、レギーネの好感度は上がらなかったみたいだ。

「で、何か用か、レギーネ？」

「……っ！　アルフォンス様とわたくしは、許嫁なのですよ。一緒に学園へ行くのは当たり前ではありませんか？」

「えっ？　そうなの？」

「……ひどいです。アルフォンス様はわたくしと、一緒に行きたくないのですね……」

「そんなことないけど」

嫌われていたはずのレギーネから登校の誘いを受けるとは。

想定外すぎる展開に、目を丸くしてしまう俺。

そんな俺の態度にレギーネはプイっと頬を膨《ふく》らませながら、出ていってしまった。

「ふんっ！　もういいですわっ！　その悪趣味極まりない馬車で、せいぜい民衆の憎しみをガンガン積み上げるがいいのです……っ！」

やっぱりレギーネには嫌われているな。レギーネのアルフォンス嫌いは『ドミナント・タクティクス』の設定だから、運命として受け入れるしかないか……

「ふふ。レギーネ様は、アルフォンス様のことがお好きなようですね」

リコがにっこり笑って、俺に言う。

「そうか？　どう見ても俺を嫌っているようにしか思えないけど……」

「もう……アルフォンス様は鈍感すぎです。レギーネ様は、素直に自分の気持ちを言えないタイプなのですよ」

「それってつまり、ツンデレってこと？」

「あの、つんでれ……とは？」

「いや、なんでもない。忘れてくれ」

一応、剣と魔法のファンタジー世界の設定だ。ツンデレ、という言葉は伝わらなかった。

もしレギーネがツンデレな女の子だったとしても、アルフォンスにデレる未来はまったく見えないのだが。

「しかし……強力なライバルが出現しました。許嫁ポジションは最強ですから……」

「……？　どうした？　リコ？」

「な、何でもありませんっ……！　さ、急がないと遅れてしまいますっ！」

第四話　俺の知っている主人公と何かが違う

「見てくださいーっ！　アルフォンス様、すごくカッコいいですっ！」

「うむ。さすがは我が主。素晴らしい剣さばきだ！」

セプテリオン魔法学園への道中。

馬車の中で、リコとクレハが写し絵を見ていた。

写し絵というのは、魔法や魔道具によって一部分を撮影して動画化したものだ。

どうやら誰かに隠し撮りされていたらしい。

二人が見ているのは、先日、ヴァリエ侯爵領に侵入した盗賊団を俺が捕まえた時の映像だった。

「アルフォンス様、やっぱり自分が水の魔術師だって名乗り出た方がいいのでは……？」

「リコの言う通りです。我が主の剣の才能を、もっと世間に知ってもらうべきだ」

「俺は魔法学園で勉強に打ち込みたいんだよ。変に目立ってギルドの依頼とかやりたくないし」

それは表向きの理由で、本音は目立つことで主人公サイドに俺の存在を知られるとマズイからだ。

主人公たちとはなるべく離れていたい。

盗賊団を倒したのは単に経験値が欲しかっただけで、名声などは求めていない。

実際、姿がバレないように変装魔法で顔は少し変えておいた。

「確かに顔の感じが違いますね。顎《あご》が大きくて、目が小さくなっています」

「変装魔法はとても高度な魔法と聞くが……我が主の魔法の才はすさまじいな……」

「それより気になってたんだけど、リコだけでなくクレハも学園についてくるの？」

「もちろんです。アルフォンス様とは騎士契約を交わした身。護衛から身の回りの世話までなんでもします」

クレハはそう言って自信満々に胸を叩いたのだった。

◇　◇　◇

リコ達と話しているうちに王都に到着した。

「ここが王都なんですね！　すごく大きいです……」

「人がたくさんいるな」

王都グランシオン。

アルトリア王国の首都だ。

魔族からの侵略に備えて、四方が高い城壁で囲まれている。

アルトリア国王の城を中心に、冒険者ギルドやら商会やら亜人の移住区やらが点在しているエリアだ。

俺たちは馬車を降りて、セプテリオン魔法学園へ向かう。

いよいよここから『ドミナント・タクティクス』の本編が始まるのか……

セプテリオン魔法学園は王城の南にある。

城のようにデカい校舎と学生寮。

学園自体がひとつの地区を成すほど、広大なキャンパスだ。

学園の門の前に来たところで、俺はここで起きるイベントを思い返していた。

内容は、門の前でこけたエルフの女の子を主人公が治癒するというものだ。

本来この世界ではエルフは人間から差別の対象になっているため、誰も見向きもしないのだが、そこに主人公が颯爽と現れて助ける。

一方アルフォンスは、差別対象のエルフを罵倒したことで主人公から制裁を受ける。

そして、その様子を見ていた王女殿下のオリヴィアが主人公に話しかける。

といういわば、主人公とヒロインの王女の関わりが生まれるきっかけだ。

お。そんなことを思い出しているうちに主人公が現れた。

名前は、ジーク・マインド。
黒髪の黒目で、日本人に近い見た目。
性格は真面目で努力家。弱者を放っておけない優しい心の持ち主。
平民でありながら魔法が使える『特異者』だ。
ん？　でもゲームより人相が悪いような……？
「うわあああああんっ！」
学園の門の前で、エルフの女の子が泣いてる。
額には、パックリと大きな傷。
街の人は見て見ぬフリだ。
ここまでは原作通りだな。
「大丈夫だよ。今、俺が治してあげるから」
そこにジークが近寄って、エルフの女の子に治癒魔法を使っている。
「うえええん……」
だが、額の傷は少しずつ塞《ふさ》がっていくものの、思ったより時間がかかっているようだ。
いくら主人公のジークといえども、まだレベル1。治癒魔法の効果はかなり弱い。
転び方が悪かったのか、額の傷は深いようだ。

「アルフォンス様、あの子かわいそうですね。あのままだと傷痕が残ってしまうかもしれません……」

リコが横から俺に言う。

女の子の顔に、傷が残るのは忍びない。

「そうだな……」

「アルフォンス様なら、きっとキレイに治せますよね」

「あ……あぁ」

ここで俺が女の子を助けたら、原作の流れとズレてしまう可能性があるから、なるべく関わりたくないのだが、さっきからリコが有無を言わせぬ迫力で俺に迫ってくる。

俺はリコの圧に負けて渋々頷いた。

ジークとさえ関わらなければ、影響は少ないはず。

彼と会話せずに、その場を立ち去ればいい。

俺は黙ってエルフの女の子に近付いた。

「あなたは……？」

割り込んできた俺にジークは驚く。

「――治癒魔法、ハイヒール」

傷を完璧に治すために、俺は上級治癒魔法のハイヒールを使った。

ジークの使った下級治癒魔法のヒールより、回復力は数百倍ある。

ゲームでは、レベル５０に到達して使える魔法だ。

一瞬で額の傷は塞がり、元通りキレイに治る。

「……もう痛くない。お兄ちゃん、ありがとう」

「……」

お礼を言うエルフの女の子に俺は軽く会釈だけして、何も言わず離れようとする。

「娘の怪我を治してくれてありがとうございました。せめてこれだけでも」

そこに女の子を追って後からやってきた母親らしき人が現れ、俺に銀貨を手渡そうとしてきた。

「いえ、困っている人を助けるのは貴族の義務ですので。気持ちだけで十分です」

俺はもう一度だけ二人に会釈して、その場を立ち去る。

「さすがアルフォンス様っ！」

リコが俺を褒めてくれるが、俺はそのままそそくさと門へ向かう。

「さっさと行こう。目立ちたくないから」

なるべく印象に残らないようにしたいからな。

「……チッ！」

今、ジークの舌打ちが聞こえたような？

いや、そんなわけないか。

◇Ｓｉｄｅ：ジーク◇

俺は主人公、ジーク・マインド。

平民でありながら魔法の才能がある『特異者』で、剣の才能もある。

その正体は、千年前に魔王ゾロアークを封印した伝説の勇者、アルトリウスの生まれ変わりだ。

しかも、見た目はイケメン。

何度鏡を見ても、自分の顔に惚れ惚れする。

まさに主人公にふさわしいキャラ。

そんなキャラに俺は転生した。

トラックに轢《ひ》かれた後、目覚めたら俺はジークになっていた。

「ガチで嬉しかったな」

俺はこのゲームをやり込んでいた。

全ヒロインのトゥルーエンドもバッドエンドも、もちろん十八禁ゲームに欠かせないエッチシーンもすべて見た。

何度も何度も、寝る間も惜しんで、俺はゲームをクリアした。

なぜか？

このゲームが完璧だからだ。

「グラフィックがいい」

「音楽がいい」

「声優がいい」

そう言う人もいるが、俺が個人的に最高だと思っているのはストーリーだ。

何度プレイしても、俺はエンディングで泣いた。

それほどまでに、この作品のシナリオの質は高い。

原作は尊い。

平民ゆえに学園で冷遇されていた主人公が、努力して成り上がる。

最後には世界を救って、ヒロインと結ばれるのだ。

俺はそのシナリオ通りの人生を歩めるはずだった。

なのに――

「やっと『主人公』になれたのに……」

学園のトイレで、さっきの初イベントのことを考える。

「いったい何者なんだ……？　あんなキャラはいなかったはずだ……」

俺はこのゲームを知り尽くしている。

一瞬しか出ないモブキャラでさえ、俺はしっかり覚えているはずだ。

シナリオでは、たしかにアルフォンス・フォン・ヴァリエという悪役貴族がジークに絡んでくる場面はある。

だが、そこでアルフォンスがとる行動は、エルフの少女を「汚れた血のゴミ」と罵って、殴ろうとするだけだ。決して主人公の代わりにヒールを使うようなやつではない。

そして、殴られそうになるエルフの少女を庇うジークの姿を見て、王女殿下——メインヒロインのオリヴィア・フォン・アルトリアが声をかけてくる。

それをきっかけに、主人公ジークの優しさに触れて、オリヴィアはジークに興味を持つ。

そういう展開だったはずだ。

なのに……

「あいつ、ハイヒールを使ってやがった」

ハイヒールは、ラスボスの直前でようやく覚えられる上級治癒魔法。

本当ならこんな序盤で、上級魔法を使えるキャラは出てこないのだが……

「しかも、妙にイケメンでムカつくわ」

ジークをイジメるアルフォンスは、キモデブの豚野郎だったはず。

「何かがおかしい……」

ジークである俺が、主人公のはずだ。

なのに、颯爽と女の子を助けたあの銀髪のやつの方がよっぽど主人公らしかった。

「あり得ない、あり得ない、あり得ない……っ！」

俺は便器をガンガン蹴る。

「正しい世界を取り戻さなければ……」

主人公はこの俺、ジークだ。

誰にも奪わせない。

やつが『原作』を壊そうとするなら——

「殺すしかない」

◇　◇　◇

「セプテリオン魔法学園へようこそ。入学式の前に、皆さんの魔力測定をします」

黒い帽子を被った、いかにも魔法使いっぽいお姉さんが言う。

俺を含む新入生は、中央講堂に集められていた。

これから次のイベント、魔力測定が行われる。

「持っている魔力量によって、クラス分けを行います」

魔法学園では、ＡクラスからＦクラスまで、魔力量によってクラスが分けられる。

Ａクラスは一番魔力量が多く、Ｆクラスは一番魔力量か少ない。

保有魔力量は、魔術師の才能を示す。

魔力量が多ければ多いほど、強力な魔法を使うことができるからだ。

「さすが完全実力主義の学園だ……」

もちろん在学中に魔力量が上がれば、クラスアップできる。

ただ――そんなことはめったにないらしい。

魔力量はほぼ血統で決まってるからだ。

実際、Ａクラスは王族や王族に近い貴族が多く、Ｆクラスは下級貴族とごく稀に平民がいるくらいだ。一度、下のクラスに入ったら最後、卒業までずっとそのクラスにいるのだ。

「おい。平民がいるぞ」

「平民のくせに生意気だ」

「どうせＦクラスだろ」

主人公ジークをバカにする声が聞こえる。

普通、平民で魔力持ちだったとしても、その魔力は少ないことが多い。

だから、当然Ｆクラスに割り振られる。

しかし――ジークは勇者の生まれ変わり。規格外の魔力を持つ。見下していた貴族たちを圧倒的に上回る魔力を見せつけて、平民でありながらＡクラスに入ることになるのだ。

ひとり目の男が現れた瞬間、歓声が上がった。

「きゃあーっ！　ユリウス王子殿下よっ！」

「カッコイイ……尊いわ」

ユリウス・ファン・アルトリア――

アルトリア王国の第一王子だ。

王位継承順位第一位で、魔力も多い。

魔法を使う才能自体も歴代の王族の中でも上位らしい。

高身長に、青い目と金髪。

典型的な王子様キャラなのだが……

「ざまぁ対象なんだよな。あいつ……」

スペックは完璧だが、中身は最悪だ。

人を駒としか見ていないクソ野郎。

「しかも、アルフォンスはあいつの手下だったんだよな……」

王族でありながら、平民のジークと親しいオリヴィアにムカついたユリウスは、アルフォンスをけしかける。

アルフォンスにオリヴィアを襲わせる作戦だったのだが、その作戦に失敗してジークに倒されたアルフォンスをユリウスは平然と切り捨てる。

アルフォンスは最低最悪の貴族だっただけに、学園では孤立していた。

そんな孤独なアルフォンスを、ユリウスが利用したわけだ。

最後は卒業間近に、ユリウスとジークとの決闘があって、そこでユリウスはボコボコにされることになる。

「次は、ユリウス殿下の番でございます」

さすが次期国王。教師たちも敬語を使う。

ユリウスが壇上に上がる。

「この水晶玉の上に、て、手を置いてください……っ」

「わかりました」

緊張する教師に、優しく微笑むユリウス。

王族だけあって外面はいいようだ。

ユリウスが手を置くと、水晶玉が緑色に光って、

「……ユリウス殿下の魔力量は、150ですっ！」

「ふ。まあこんなものだろう」

魔力量の平均は50だ。

つまり、ユリウスは平均の三倍の魔力があるということになる。

「さすがですわっ！　ユリウス様ぁ！」

「カッコイイです！　天才！」

「ユリウス殿下、バンザイですぅーっ！」

令嬢たちが大げさに褒めまくる。

学園は単に勉強するだけの場所じゃない。

令嬢たちにとっては、婚活の場所でもある。

皆少しでもユリウスとお近付きになりたいらしい。

「さすがユリウス殿下です……次は、ジーク・マインド。さっさと来なさい」

ユリウスに対する態度と真逆。

平民のジークに、教師は冷たい。

「おい。今度は平民かよ」

「水晶玉が汚れるわ」

「どうせ魔力はほぼ0だろ」

みんながジークをバカにする。

最初から、誰も期待などしないが――

「ジーク・マインドの魔力は……900っ！」

そう。ジークの魔力は桁違い。

平均の十八倍の魔力。

そして、ユリウスの六倍の魔力。

「平民なのに嘘だろ」

「あり得ない……」

「ユリウス様より上だなんて」

度肝を抜かれる貴族たち。

「魔力量は900で間違いない……ジーク・マインドはAクラスに配属とするっ！」

完全実力主義の学園だから、平民であろうと魔力があればAクラスに入れるしかない。

「平民がAクラスかよ」

「インチキに違いない」

「どうせすぐ、Fクラス行きだ」

驚きの結果に、生徒たちはざわつく。

罵声を浴びせられながら、ジークが俺の側を通る。

「ふふっ。やっぱり俺こそ主人公だ……」

……えっ？

「次は、ヴァリエ侯爵の令息、アルフォンス・フォン・ヴァリエです！」

何か言ったような気がしたが名前が呼ばれたので、ひとまず壇上に向かう。

「誰だあのイケメン？」

「ヴァリエ侯爵令息ってキモデブだったはず……」

「豚じゃないじゃん」

散々な言われようだ。

貴族の社交界でも、アルフォンスの悪評はすでに広まってるらしい。

さて、なんとか誤魔化さないと……

俺の魔力量は、１８００はある。

平均の三十六倍。

ユリウスの十二倍。

ジークの二倍。

ちょっと多いどころじゃない。

完全にチートレベルだ。

転生してから毎日、魔法の鍛錬を続けたせいで、あり得ない魔力量になってしまった……

このまま測定すれば、Ａクラス行きは確実。

Ａクラスには、メインキャラが集まっているが、彼らと関わると危険かもしれない。

メインキャラから離れるためには、なんとしてもＡクラス行きは回避しなければ……

「魔力操作で、少なく見せよう」

ロゼリア先生と一緒にやった、魔力操作。

一日中ぶっ倒れるまで魔力を操った結果、俺は自分の魔力の放出量を正確にコントロールできるようになった。

「さあ、水晶玉に手を……」

よし。魔力操作――

「アルフォンス・フォン・ヴァリエの魔力は……５０です！」

よかった。ちょうど平均を出せた。

「アルフォンスさんは、Ｃクラスですね」

ちょうど真ん中のＣクラス。

うん。モブにふさわしいクラスだ。

「侯爵家のくせに５０かよ」

「ダサ」

「無能やん」

普通、侯爵家なら魔力８０を下ることはそうそうない。

だから、侯爵家のくせにとバカにされるのも仕方ない。

……まあこれでいい。

俺はモブとして平穏に生きたいからな。


「全員の魔力測定が終わりました。では、それぞれのクラスへ移動してください」

新入生全員の魔力測定とクラス分けが終わった。

俺はＣクラスで平凡に生きる……っ！

そう思って、Ｃクラスの教室へ向かおうとした俺の耳に――

「アルフォンス・フォン・ヴァリエ侯爵令息、呼び出しです。今すぐ教員室へ来てください――」

という放送が聞こえてきた。

「いったい何だよ……」

教師に呼び出されるようなことは、何もしていないはずだが。

「あいつ何やらかした？」

「いきなり呼び出しかよ」

「さすがクズ侯爵」

周りの生徒たちも、気になっているようで。

目立ちたくなかったのに、注目を浴びてしまう。

俺が教員室へ向かうと、

「アルフォンス様っ！　お久しぶりですっ！」

「ロゼリア先生！」

教員室で俺を待っていたのは、ロゼリア先生だった。

「ロゼリア先生……どうして学園に？」

「ヴァリエ侯爵に紹介してもらったんです。セプテリオン魔法学園の教師に」

ロゼリア先生の話によれば……

ロゼリア先生は俺の家庭教師を辞めたあと、セプテリオン魔法学園の教師に就職したらしい。

俺の父親が、キモデブのバカ息子を変えてくれたっ！　と圧倒的感謝をしたからだそうだ。

「で、ロゼリア先生。俺、何かしましたか？」

「ええ。アルフォンス様は、とっても悪い子です」

「悪い子？」

まったく身に覚えがないのだが……

「さっきの魔力測定で……アルフォンス様は実力を隠しましたね？」

「そのことですか……」

ロゼリア先生は、俺の実力を知っている。

だからさっきの魔力測定で、俺が自分の魔力を少なく見せたことに気付いた。

「どうして実力を隠したのですか？　アルフォンス様の魔力は、ジーク・マインドより多いのに」

「それは……」

メインキャラからなるべく離れたいから——

ロゼリア先生に、本当の理由は言えない。

「Aクラスだといろいろ怠《だる》いかな……と思って」

「だ、怠い？」

ロゼリア先生が目を丸くする。

「ほ、ほら、Ａクラスは特別授業とかいろいろあるし、令嬢に声をかけられたりとか、めんどくさいかなーなんて？」

「……そうですか」

もともと、アルフォンスは怠惰なやつだ。

Ａクラスのような意識の高い場所は似合わない。

少しうつむく、ロゼリア先生。

ガッカリさせたかな……？

ロゼリア先生を失望させたのは残念だが、生き残るためには仕方ない。

「……私は、ヴァリエ侯爵家を去る時に誓いました。アルフォンス様の才能を、たくさんの人に知ってもらいたいと」

「へ……？」

なんだかロゼリア先生の様子がおかしい。

「アルフォンス様の才能は、Ａクラス……それどころかAを超えるSクラス、いえ、ＳＳクラスでも収まりきりません……っ！　それに」

ロゼリア先生は俺の肩を掴む。

「才能ある者は、力を使う義務があります。そして、生徒の才能を伸ばすのは教師の義務です」

そして、俺の両手をぐっと握る。

「アルフォンス様をAクラスに入れるよう、学園長に話を通しました。アルフォンス様は、Aクラスへ行ってください」

マジかよ。せっかくCクラスに入れたのに……っ！

「でも、俺は――」

断ろうとしたところに、ロゼリア先生が言葉を被せる。

「異論、反論、文句は一切受け付けません。私はアルフォンス様の先生なんですからっ！」

こうして俺はAクラスに入ることになったのだった。

第五話　お茶会

◇Side：ジーク◇

「なんでヴァリエ侯爵令息がAクラスに？」

「Cクラスじゃなかったのかよ？」

「イケメンがいるわ……っ！」

原作だと、クラス分け初日は平民のジークがAクラスに入ったことに貴族たちがざわついて、ジークにヘイトを向けてくる。

だが、王女のオリヴィアがジークに話しかけてきて——そういう流れだったはずだ。

なのに、今の話題の中心は——

「ヴァリエ侯爵令息って、キモデブ豚野郎だったはずじゃない？」

「実はすげえ魔力多いのか？」

「学園長にワイロを送ったとか？」

序盤でボコられるはずのモブ悪役、アルフォンス・フォン・ヴァリエだ。

俺の魔力は、９００もあったんだぞ……っ！

だけど、すべて忘れられている……

「アルフォンス……そうか。あの時、ハイヒールを使ったやつだ」

まだシナリオ序盤で、上級治癒魔法のハイヒールを使うなんておかしい。

絶対に何かある。

「まさか、アルフォンスは俺と同じ……転生者か……あるいは、それと同等の存在」

俺がそんなことを考えていたら、オリヴィアがアルフォンスに近寄っているのが見えた。

「ヴァリエ侯爵令息、お話があります」

おい。これって……ま、まさかっ！

「貴殿を私のお茶会に招待します」

お茶会。

令嬢が気に入った令息を呼ぶ、学園の伝統。

つまり、アルフォンスはオリヴィアに気に入られたということだ。

原作通りなら、ここで誘われるのはジークのはずなのに。

「おい、王女殿下がヴァリエ侯爵令息を誘ったぞ」

「マジかよ。ってことは、オリヴィア様はヴァリエ侯爵令息のこと……」

周りの貴族たちがざわつく。

「オリヴィア王女殿下、お誘いはありがたいのですが、生憎《あいにく》お茶会に行くことはできません」

なっ！　こ、断るだと……っ！

「あいつ、王女殿下の誘いを断るのかよ」

「あ、あり得ないわ……」

「人生終わるぞ」

王族のお誘いを断ったりしたら、貴族社会では生きていけない。

バカなのかあいつは……

「……そうですか。ちなみに、理由を聞いても？」

「私には、婚約者がいますので」

「なるほど……でしたら、婚約者の方も同席されるのなら、問題はないでしょう？」

「そうですが……」

オリヴィアはアルフォンスの返答を聞いてふっと笑った。

「婚約者の方と一緒に来てくださいね」

「……はい」

アルフォンスが渋々承諾する。

「アルフォンス様の婚約者ってどなたかしら？」

「羨《うらや》ましいわ……」

クラスの話題は、「アルフォンス」「アルフォンス」「アルフォンス」ばっかり……

主人公はこの俺なのに……っ！

◇Side：レギーネ◇

魔力測定で魔力80と出たあたしは、Aクラスに配属された。

「アルフォンス様の婚約者って誰かな？」

「めっちゃ羨ましい」

「あたし、アル様と結婚したい」

でもクラスに入って聞こえてくるのは、クズフォンスの話ばっかりじゃない……っ！

王女殿下の誘いを断った男として、学園中でクズフォンスのことが話題に。

というか、魔力量が50しかなかったくせに、どうしてAクラスにいるのよ？

「ねえ。レギーネ、ヴァリエ侯爵の婚約者って誰なのかしら？」

友達の伯爵令嬢、リーセリア・フォン・ベンツ。

金髪のおさげ髪が可愛い。

あたしと同じ、Aクラスの配属になった。

「さあ……？　誰かしらね……？」

貴族社会の伝統として、学園卒業まで婚約者が誰かを明かさない。

誰が婚約者か知られると、時に暗殺の危険さえあるから。

貴族にとって結婚は、政争の道具だ。

だから、あたしがクズフォンスの婚約者であることは、リーセリアにも黙っていた。

「アル様ってイケメンよね。婚約者の方が羨ましい」

「う、うん……そうね……」

アルフォンスの婚約者は、あたしなのだけど。

リーセリアは昔からミーハーな子だったから流行ってるものに目がない。

今、このAクラス……いや、学園の流行はクズフォンスなので、リーセリアが目をつけるのも無理のない話だ。

たしかに最近は痩せて、少しだけカッコよくなったと思うけど……

「アル様の婚約者は、きっとすっごく可愛くて美人な令嬢で——」

「そうね。可愛くて美人なのは間違いない」

「……えっ？　レギーネ、アル様の婚約者が誰か知ってるの？」

「あっ……いや、いやいやいや、あたしがアル様の婚約者を知るわけないじゃない。あはは……」

あたしも学園の流行にやられたのか、ついついクズフォンスをアル様と呼んでしまった……

クズフォンスのくせに……っ！

「でも、レギーネ。アル様と幼馴染なのよね？　もしかして知っていたり——」

「本当に知らないわよ……あんなキモブタクズのことなんて」

「き、キモブタクズ……？」

ヤバい。いつもの癖で言ってしまったわ……っ！

リーセリアが目を丸くしている。

「アル様は、すらっと背が高くて痩せているし、顔も整っているし、Ａクラスに来たってことは、本当は魔力も多いのよ？　なのにキモブタクズって……」

すっかりアル様のファンになったリーセリアは、あたしの悪口にキレてるようだ。

「えーと、幼馴染同士のジョークみたいなもので」

「だとしてもちょっと酷いよ。レギーネ……」

友達にドン引きされてしまったあたし。

「レギーネ、人にそんなこと言ったらめっだよ！」

指をぴしっと立てて、あたしを叱《しか》るリーセリア。

昔からリーセリアは、お姉さんぶるところがある。

下に小さい兄弟がたくさんいるからだ。

「……うん。気をつける」

どうしてあたしが怒られないといけないのよ！

クズフォンスのせいで、王女殿下のお茶会にあたしまで行かないといけなくなった。

しかもあのバカ、王女殿下のお誘いを一度とはいえ断ったりなんかして……

どんだけバカなのよ……アイツはっ！

あたしまで王族に目をつけられたら、どうするのよ？

「あたしには、水の魔術師様がいるから……」

と、ぽつりとつぶやくと、リーセリアが同意する。

「そうそう。水の魔術師様も素敵よねー！」

「誰でもいいのね。アンタは……」

リーセリアは有名人なら誰でもいいらしい。

ある意味、羨ましい性格をしている。

クズフォンスより、水の魔術師様の方がずっと素敵だから！

華麗な水魔法の使い手で、盗賊団をたったひとりで壊滅させるほど強いお方。

優しくてカッコよくて最高の男性。

あたしにふさわしい人は、間違いなく水の魔術師様だ。

「また水の魔術師様に会いたいな……」

◇　◇　◇

「Aクラス入りすごいです！　アルフォンス様……っ！」

放課後。

ここは俺の部屋。

オリヴィアにお茶会に誘われた影響もあって、大変な目に遭った。

「アルフォンス様、お茶会のこと、かなり噂になっているようですね……」

リコの言う通りだ。

クズ貴族とバカにされていたアルフォンスが、いきなり王女殿下のお茶会に誘わるなんてあり得ない。原作のシナリオでも、お茶会に誘われるのはジークだったはず。

「あ！　アルフォンス様にお渡しするものがあります！」

「何？」

「こないだ助けたエルフの女の子から、お礼の品です」

リコがポケットから、小さな瓶を取り出した。

「街でお買い物をしていたら、あのエルフの女の子に会ったのです」

瓶の中には、エメラルド色の液体が光っている。

これはポーションだ。

よくゲームに出てくる、回復アイテムのひとつ。

たしかこのゲームだと貴重なアイテムだ。

「アルフォンス様に感謝をお伝えください、と言ってましたよ」

「そうか……」

このポーションも、実はジークがもらうはずのものだ。

原作の展開だと——ジークがエルフの女の子を助けようとするが、エルフを差別するアルフォンスが邪魔をする。

倒れたエルフの女の子を蹴りまくるという、クズムーブをやらかす。

そこに庇いに現れたジークにアルフォンスが決闘を挑むのだ。

その結果――もちろんボコられることになる。

しかし、今の状況は、本来の流れと全然違ってしまっている。

本来の流れでは、この時点でアルフォンスはジークにボコられて、破滅が始まっているからだ。

「……どうされましたか？　アルフォンス様。顔色が良くありませんが？」

「いや、何でもないよ」

「学園に来たばかりですし、慣れない環境でお疲れなのかもしれませんね」

「ああ。そんな感じだ……」

俺がハイヒールでエルフの女の子の傷を治してしまったせいで、ジークとの決闘イベントが発生しなかった。

そのおかげでボコられルートを回避することはできたが、後の展開に影響を与えてしまった。

原作の展開ならば、ジークがエルフの女の子を助けるところを見て、オリヴィアがお茶会にジークを誘うことになるのに、その流れも今や変わりつつある。

原作に介入したくなかったが、破滅フラグを回避するには仕方ない。

「では、今日は早くお休みになりましょう。明日は王女殿下のお茶会に行かないといけませんから」

「そうするよ」

「それにしても、レギーネ様と一緒におでかけするなんて……久しぶりじゃないですか？」

リコがニヤニヤと笑う。

「まあな。レギーネは嫌がっていると思うけど」

「そんなことないですよ！　きっとレギーネ様も、喜んでいるに違いありません！」

「ははは……」

実際、レギーネは嫌がっているだろう。

アルフォンスと婚約破棄するのが原作の展開だし……

そんなレギーネと、オリヴィアのお茶会へ行くのか。

とりあえず、これ以上目立つと平穏に暮らしていく計画が脅かされかねない。

なるべく原作の展開を壊さないようにしよう。

◇Side：オリヴィア◇

私はオリヴィア・フォン・アルトリア。

アルトリア王国の第二王女だ。

「この国は腐っている……」

貴族は高い地位に胡坐《あぐら》をかき、亜人は差別されている。

「でも、ヴァリエ侯爵令息は――」

怪我をしたエルフの女の子を助けた。

颯爽と現れて、女の子を見捨てることなく癒していた。

「ヴァリエ侯爵令息は必要な人材ね……」

なんとしても引き入れなければならない。

あたしの「計画」に――

「ふふふ。オリヴィア様、いい人を見つけたようですね」

あたしの専属メイド兼騎士の、アイシャ。

犬人族で、頭に白い犬耳と腰からもふもふの尻尾が生えている。

忠実で絶対に裏切らない、計画のメンバーだ。

「ええ。ヴァリエ侯爵令息こそ、あたしが求めていた人材」

ヴァリエ侯爵令息は新入生であるにもかかわらず、上級治癒魔法のハイヒールを使った。

レベル50以上の魔術師でなくては使えない高度な魔法。

何年も魔法の修業をして、やっと習得できるはずなのに……

「尋常ではない魔力を持っていますね……」

「しかも無詠唱だったわ。規格外の才能よ」

ヴァリエ侯爵令息は、上級魔法を無詠唱で発動した。

複雑な術式を持つ上級魔法を使うには、大量の魔力と、大量の魔力を操るセンスが必要……

「普通はあの若さで、あれだけの才能があれば、もっと傲慢になってもいいのに」

アルトリア王国は、剣よりも魔法が優遇される。

魔法は貴族のみが使えて、剣は平民が使うもの。

魔法至上主義の国で、魔法の才で将来が決まる。

だから魔力の多い者は、周りが持ち上げまくる結果、どんどん傲慢になっていく。

「女の子の母親が、お礼に銀貨を渡そうとしていたけど……断っていた」

「そうでしたね。困っている人を助けるのは貴族の義務だからと言ってました……」

ノブレス・オブリージュ——高貴なる者の義務。

ヴァリエ侯爵令息は、本物の貴族の素質がある。

今、王国に蔓延《はびこ》っている、傲慢で怠惰な偽貴族たちとは違う……

「ヴァリエ侯爵令息の能力はすさまじいです。ですが、一度姫様のお誘いを断ったのは不遜です」

「……そうね。たしかに断られたのは少し気になるわ。でも何が理由があってのことよ」

「でしたら——」

「ヴァリエ侯爵令息を探ってちょうだい。交友関係から趣味、あと……女性関係も」

「？　ヴァリエ侯爵令息の女性関係も、ですか？」

アイシャがあたしの顔をまじまじと見る。

「あっ……あのね。深い意味はないのよ？　ヴァリエ侯爵令息のことをもっと知りたいからってだけで……ね？」

「はい……そういうことにしておきます」

「もおっ！　本当にそんなじゃないからねっ！」

「ふふ。姫様はわかりやすいですね」

アイシャにからかわれるあたし。

本当に本当に、そんなんじゃないから……っ！

◇　◇　◇

放課後。

俺が寮へ帰ろうとすると、背後から声が聞こえた。

「ヴァリエ侯爵令息。こちらへ来てください」

振り返ると、犬人族のメイドがいた。

格好はメイドだが、腰に剣を提げている。

「あなたは？」

「私はアイシャと申します。オリヴィア王女殿下のメイドであり騎士です。これからお部屋へお連れします」

王族の学園生の部屋は、普通の寮にはない。

『王族寮』と呼ばれる、特別な寮に部屋がある。

普通の学園生は王族寮に入ることは許されない。もしも勝手に入れば、近衛騎士に即座に捕縛される。

「わかりました……ところで、俺の婚約者は？」

「レギーネ・オルセン侯爵令嬢でしたら、別の者がお連れする手はずとなっています。ヴァリエ侯爵令息の婚約者だとバレるのを防ぐためです」

「なるほど……」

ありがたい気遣いだ。

婚約者が周りにバレないよう注意してくれている。

「では、これをつけてください」

「何これ？」

アイシャさんは、俺に黒い布を渡す。

「この布で目隠しをしてもらいます。失礼だとは存じますが、決まりですので……」

王族には常に、暗殺の危険がつきまとう。

だから王女殿下の部屋へ通じる道を、知られないようにするための措置《そち》だ。

「別にいいですよ」

「ご協力に感謝いたします」

恭《うやうや》しく、俺に頭を下げるアイシャさん。

まったく隙がないな。このメイドさん……

物腰は柔らかいが、常に腰の剣に意識がある。

かなり腕の立つ剣士に違いない。

俺は黒い布を、自分の顔に巻いた。

「姫様のお部屋へお連れします……」

◇　◇　◇

「アルフォンス・フォン・ヴァリエ侯爵令息、レギーネ・フォン・オルセン侯爵令嬢、今日はお越しいただきありがとうございます」

オリヴィアが、俺とレギーネにお辞儀する。

すげえ豪華な部屋だな……

普通の学園生の部屋と、大きさが違う。

寮のワンフロアが、オリヴィア王女殿下の居住スペースになっている感じだ。

強力な魔法障壁を張っている……徹底した魔法対策だ。

魔法の発動を乱すジャミングが施され、盗聴魔法は使えない。

部屋での会話が外部に漏れることは、一切なさそうだ。

「お招きいただきありがとうございます。単刀直入に聞きますが、俺を招いた理由は？」

「ちょ……っ！　アルフォンスッ！　王女殿下に対して失礼すぎるでしょ！」

レギーネが焦って俺を遮る。

「私は構いません。呼び出したのは私ですし、突然王族から呼ばれたとあれば、警戒するのも当然です」

俺の失礼な態度にも、まったくオリヴィア王女殿下は動じない。

王族だけあって、立ち振る舞いに威厳がある。それに自分の立場もよくわかっているようだ。

ただの気まぐれで、俺を招いたわけじゃないな……

「私も率直に答えましょう。実はヴァリエ侯爵令息に、私の陣営に入ってほしいのです」

「それは……王位争いのことですか？」

「ええ。そうです。察しがいいですね」

現アルトリア国王、フィリップ・フォン・アルトリアには、七人の子どもがいる。

次期国王の有力候補は二人いる。ユリウス第一王子と、オリヴィア第二王女だ。

代々、アルトリア王国の王位は、最も有能な王族が継承する。

「ユリウス兄さんに勝つには、ヴァリエ侯爵令息のような有能な魔術師が必要です。だからぜひ、私の陣営に参加してください」

ゲームのシナリオでは、主人公のジークがオリヴィア陣営にスカウトされる。

人間も亜人も平等な世界を実現する——それがオリヴィア王女殿下の理想だ。

亜人を治癒したジークを見て、その理想に賛同してもらえると思い、自分の仲間に引き入れることになるはず。

そのお誘いが、今回エルフの子を治した俺に来たってわけか。

「……断る」

「な……っ！」

オリヴィアが驚く。

だが俺はこれ以上、原作に介入したくない。

モブとして、平穏無事に生きていきたい――

「理由を聞いても……？」

「俺は有能な魔術師じゃありません。トリックを使ったんです」

そう言って、ポケットから魔霊石《まれいせき》を取り出した。

「魔霊石。一時的に魔力を増幅させる魔道具です。これで魔力を上げて、治癒魔法を使ったんですよ」

「……では、なぜAクラスにいるのです？」

「父上が学園長と懇意でしてね。勝手に口添えをしたようで」

予想外の俺の答えに、オリヴィアは残念そうな顔をした。

「王女殿下、アルフォンスは生粋《きっすい》のダメ貴族です。アルフォンスの無能さは、婚約者のあたしが保証します」

と、レギーネも援護してくれる。

言葉に棘《とげ》があるが、この補足はありがたい。

だが本当にこいつは、俺の婚約者なのか……？

もともと、アルフォンスは金にモノを言わせるクズ貴族だ。

本来のクズムーブを見せることで、シナリオ通り、オリヴィアに嫌われるのだ。

「わかりました……ただ、私の仲間にならなくても、ヴァリエ侯爵令息にお願いがあります」

「何です？」

「ヴァリエ侯爵令息の領地で噂の、水の魔術師のことです。彼をぜひ私の仲間に加えたいと思っています」

「み、水の魔術師様……っ！」

レギーネが紅茶をこぼしそうになる。

「オルセン侯爵令嬢、どうしました？」

「い、いえ。何でもありません……」

なんだかレギーネの様子が変だな……？

「水の魔術師は、ヴァリエ侯爵令息の領地にいるようです。なので、領地の騎士を使って、水の魔術師を探してもらいたいのです」

「なるほど。水の魔術師を見つけ出して、王女殿下のところへ、連れて来ればいいんですね？」

いや、実は俺が水の魔術師なんだが……

「そうです。水の魔術師は有能です。兄上も水の魔術師を探しているらしく。だからなんとしても、兄上より先に、水の魔術師と接触しなければ……」

「……わかりました。我が領地の騎士を総動員して、探させましょう。ヴァリエ侯爵家の名にかけて、必ずや見つけ出します」

水の魔術師は俺なんだから見つかるわけないけど。

ある意味、すでに見つかってるとも言えるが……

「協力に感謝します。その厚意に、いつか報いる時が来るでしょう」

オリヴィアは、俺の手をぎゅっと掴む。

嘘を吐くのは胸が痛いが、自分が生き残るためだ。仕方ないだろう。

「ところで」

オリヴィアが話題を変えるように一拍置いた。

その顔は少し赤くなっている。

「私たちはクラスメイトなんですよ？　お互いに名前で呼びましょう」

「えっ？　あ……そうですよね」

「オリヴィア、と言ってみてください」

これはマズイ。

王女であるオリヴィアを名前で呼ぶのは、主人公のジークだけのはずなのに。

「早く、アルフォンス」

まっすぐ、俺を見つめるオリヴィア。

うっ……もう逃げられないな……

「オ、オリヴィア……」

「ふふ。ありがとう。私たちは友達です。これを渡しておきますね」

オリヴィアは、俺に指輪を渡す。

「この指輪は、魔除けの指輪です。魔法障壁を無効にできますから、いつでも私の部屋へ来れます」

魔除けの指輪も、ジークの専用アイテムだ。

オリヴィアからもらえるアイテムで、自由に王族寮に入れるようになる。

「お気持ちは嬉しいのですが、これは受け取れ――」

「男性でこの部屋に入ったのは、アルフォンスが初めてなのですよ？　これは友情の印です。受け取ってください。ね？」

「……はい」

オリヴィアの圧に負けて、指輪を受け取ってしまう。

断った方が面倒になりそうだし。

これでジークは王族寮に入れないから、シナリオが進まなくなってしまう。

いわゆる詰みってやつだ。

クソっ！　これで本格的にシナリオに介入してしまった……っ！

◇Side：ジーク◇

王族寮の前――

「死ね……っ！」

「ぎゃっ！」

ドサッ。

近衛騎士の首に、俺は毒のナイフを突き刺した。

地面に近衛騎士の死体が転がる。

「このままじゃ……俺のメインヒロインが奪われる」

普通ならお茶会イベントに呼ばれない限り、王族寮に来ることはできない。

しかし、俺には原作の知識がある。

王族寮へ通じる魔法障壁を突破できれば、敷地内に侵入できるのだ。

「オリヴィアは、俺のメインヒロイン……アルフォンスを殺さなければ」

お茶会イベントでは、オリヴィアから王位争いに協力するよう持ちかけられて、魔除けの指輪をもらう。

魔除けの指輪は、ジーク専用アイテムだ。

これで魔法障壁を無効にして、王族寮に簡単に入れるようになる。

「たぶんアルフォンスは、魔除けの指輪をゲットする。シナリオを修正するには……」

アルフォンスから、魔除けの指輪を奪うしかない。

原作なら、魔除けの指輪をアルフォンスがジークから奪おうとするはずが、立場が逆になっている。

「俺がモブ悪役になってるじゃねえかっ！　主人公のはずなのに……っ！」

俺は王族寮の門のそばにある、植え込みに隠れる。

「警備の近衛騎士は全員始末した。あとはここからやつが出てきたところを――」

ライトニング・アローで、頭をぶち抜く……っ！

ライトニング・アローは、ジークの専用魔法。

伝説の勇者と同じく、雷属性の魔法だ。

アルフォンスを殺せば、婚約者のレギーネもジークのサブヒロインに戻るだろう。

息をひそめて、俺はアルフォンスが出てくるのをじっと待った。

しばらくして、アルフォンスが門から出てくる。

「死ね……っ！　ライトニング・アローッ！」

俺は右手から、電撃の矢を放つ。

だが——

「な……っ！　矢が吸収された……」

正確にアルフォンスの後頭部を狙ったはずなのに、矢は消えてしまう。

しかも……気付いていないだと？

何事もなかったかのように、歩いていくアルフォンス。

「ク、クソ……っ！　俺は主人公なのにぃ……っ！」

◇◇◇

「……雷属性の魔法か」

お茶会の後、俺はひとりで寮へ戻っていた。

俺の後頭部に、ライトニング・アローを放ったやつがいる。

水魔法で作った、スライムヘルム。

魔法攻撃を吸収する、透明な兜《かぶと》だ。

王族であるオリヴィアの部屋に出入りしたとなれば、俺やレギーネを狙うやつがいてもおかしくない。

念のため、装備しておいてよかった。

もしかして、ジークの仕業《しわざ》か……？

いや、それはさすがにあり得ない。

ジークはそういうキャラじゃないし、ジークの魔力なら、俺の脳天を貫くこともできるはず。

勇者で主人公のジークが、アルフォンスのようなモブ悪役を狙うわけない……よな？

俺が原作に加入してしまったせいで、世界に歪《ひず》みのようなものが生じているのかも。

第六話　決闘

次の日――

Ａクラスの教室に向かうと、そこにいた生徒がこちらを見てきた。

「王女殿下に呼ばれた、ヴァリエ侯爵令息だ」

「いったい何者なんだよ……」

「オリヴィア王女陣営か」

やっぱりオリヴィアとのことは、噂になってるな……

「……あんた。よくもあたしも巻き込んだわね」

レギーネが、鬼の形相《ぎょうそう》で俺のところへ来た。

めっちゃくちゃ怒ってる……

俺が一度、オリヴィアの誘いを断ったせいで、婚約者のレギーネを連れて行くことになった。

王位争いの話を聞いてしまった以上、レギーネも俺も、対立するユリウス陣営から『敵認定』される。

「すまん……」

「すまん、じゃ済まないわよ……っ！」

「レギーネ、お前はちゃんと俺が守るから」

「……っ！　ま、守るってアンタが……？」

突然、レギーネの顔が真っ赤になった。

ヤバい……もっと怒らせてしまった……

「ふ、ふんっ！　クズ貴族のアンタが守るなんて……無理ありすぎよっ！　それよりも――」

レギーネがさらに顔を赤くする。

「も、もし、水の魔術師様を見つけたら……あたしにも会わせて」

「……？　水の魔術師と会いたいのか？」

「ち、違うわよっ！　水の魔術師様が好きだとか、そんなんじゃないからね……っ！」

「水の魔術師を……好き？」

「何言ってんのよっ！　水の魔術師様が大好きです。愛してますなんて、誰も言ってないわよっ！」

机をぶっ叩いて、キレまくるレギーネ。

「……わかった。とにかくお前にも会わせるよ」

俺が水の魔術師だとわかったら、たぶん殺されるな……

「お願いね！　めっちゃくちゃ楽しみにしてるなんてことはないけど……っ！」

レギーネは逃げるように席に戻った。

「おはよう！　アルフォンス！」

オリヴィアが俺に挨拶してくる。

「お、おはよう。王女……いや、オリヴィア」

「ふふっ！　昨日はありがと！」

ぐいっと俺に、顔を近付けてくる。

ふわっと甘い匂いがする……

「アイツ、王女殿下を呼び捨てにしたぞ……」

「王女殿下に名前で呼ばれるなんて！」

「どういう関係なんだ？」

めっちゃくちゃ目立ってしまった……

オリヴィアには、もっと自分の影響力を考えてほしいというか……

「じゃ、またねっ！　アルフォンス」

笑顔で自分の席に戻っていくオリヴィア。

やれやれ。変なことになってきたな……

ロゼリア先生が教室に入って来た。

「みなさん、昨日、バルト神殿跡ダンジョンから、モンスターが出ました……」

開口一番、深刻な口調で話し始める。

バルト神殿跡ダンジョン——王都の近くにある、古代のバルト神殿の跡地に出現した迷宮だ。

ダンジョン攻略イベントが来たか……！

シナリオでは、魔力の多い学園生が冒険者ギルドへ派遣されて、ダンジョンを攻略する。

選ばれる学園生は、三人。

ユリウス、レギーネ、そして、主人公のジーク。

ダンジョンの最深部に、主人公専用装備の『神剣デュランダル』がある。

ゲームの中では最強武器で、魔王ゾロアークを倒すために必須だ。

シナリオ攻略上、絶対に回収する必要がある。

「冒険者ギルドから、学園生の派遣が要請されました。モンスターから人々を守るのは、貴族の義務です。セプテリオン魔法学園からは、四人の学園生を派遣します」

四人……？　三人じゃないのか？

一瞬、ロゼリア先生が俺の顔を見た。

嫌な予感がする……

「選ばれた学園生は……ユリウス王子殿下、オリヴィア王女殿下、ジーク・マインドさん、そして――」

ま、まさか……？

「アルフォンス・フォン・ヴァリエ侯爵令息ですっ！」

ロゼリア先生が、びしっと俺を指さす。

「おい。ヴァリエ侯爵令息は魔力５０しかないはずだろ？」

「無能貴族のはずじゃ……？」

「やっぱりアル様は、実はすごい人なのね……っ！」

クラスメイトたちがざわつく……

「はいはーいっ！　四人はこの後、私のところへ来て――」

ロゼリア先生がそう言いかけた時、生徒のひとりが立ち上がった。

「待ってくださいっ！　どうしてヴァリエ侯爵令息が選ばれたのですかっ？　納得いく理由を教えてください！」

ロゼリア先生に抗議したのは、ダスト・フォン・ガベイジ。

ユリウス王子陣営のナンバー２だ。

シナリオでは、平民であるジークが選ばれたことにキレて、ジークに決闘を申し込むのだが……

ここもガベイジの矛先が俺に向いている。

俺が魔力量を偽っていることを話せないため、ロゼリア先生は上手く説明するために言葉を選んでいるようだった。

「……調べましたよ。ロゼリア先生は学園に来る前に、ヴァリエ侯爵令息の家庭教師をしていたそうですね。だから贔屓《ひいき》しているのでしょう？」

「いえ、決してそんなことは……」

うろたえるロゼリア先生。

「今まで無能と言われていたヴァリエ侯爵令息が、いきなりギルド派遣に抜擢《ばってき》された。怪しすぎます」

ダストの言うことも一理ある。

今までゴミや無能だと呼ばれていた男が、突然Aクラスに来て、しかもギルド派遣にまで選ばれた。

何かあると疑われても仕方ない。

「ヴァリエ侯爵令息には、実力を証明してもらいましょう。決闘を申し込みますっ！」

ダストが俺に、手袋を投げた。

貴族が決闘をする時は、相手に手袋を投げる。

相手が手袋を拾えば、決闘の成立だ。

「おい。どうした？　ビビってるのか……？」

ダストが俺をあざ笑う。

さて、どうしようか……？

原作では、ダストと決闘するのはジークだ。

俺が手袋を拾えば、決闘が始まってしまう。

そうなれば、たぶん実力がバレてしまう。

そうだ！　土下座しよう……！

土下座して決闘から逃げれば、俺は学園で『臆病者のゴミ』認定される。

それで、アルフォンスはモブに戻れるわけだ。

よし！　土下座するぞーっ！

俺が跪こうとすると――

「ガベイジ伯爵っ！　あたしがアルフォンスの付添人を務めます。アルフォンスは絶対、あなたに勝つことでしょうっ！」

オリヴィアが、床に落ちた手袋を拾い上げた。

オリヴィア……っ！　何をして……!?

決闘には付添人をつけることができる。

決闘がフェアに行われているか、見守る役目だ。

「ならば、ガベイジ伯爵の付添人は、この私が務めよう」

ユリウスが、オリヴィアの前に立つ。

「『誓約魔法――オルコス』」

二人が誓約魔法で、決闘の成立を誓い合った。

俺の返答を一切待たずに……

「……成立してしまったものは仕方ないですね。放課後、それぞれ訓練場へ来てください」

決闘の成立を、ロゼリア先生が宣言した。

マジかよ……

◇Ｓｉｄｅ：ジーク◇

「王族寮の近衛騎士が殺されたらしい……」

「マジかよ？　暗殺者か？」

「全員首を切られて……」

王族寮の近衛騎士が殺されたことは、すでに学園中の噂になっている。

俺のことは、バレてないようだ……

偽装魔法で姿を隠していた。

「うわ……グロ」

「かわいそうだよね……」

「マジで犯人は許せねえ」

近衛騎士は、王族を守る名誉ある職業。

王国の人すべてに、尊敬される存在だ。

そんな近衛騎士を全員殺したことがバレたら、俺は叛逆罪《はんぎゃく》で処刑される。

しかし。

俺は悪くない。

悪いのは、アイツだ……

すべては、あのモブ悪役のせいだ。

アルフォンス・フォン・ヴァリエ侯爵令息。

「全部、アイツのせいだ……っ！」

俺は拳を握りしめる。

「俺はガベイジに賭けるね」

「いや、ヴァリエ侯爵令息は実力を隠してるに違いない」

「どっちが勝つかわからないな……」

学園中で、決闘の賭けが始まった。

決闘イベントは、ジークとガベイジ伯爵が戦うはず。

なのに、完全にアルフォンスに乗っ取られた。

アルフォンスは、転生者だな……

アイツは、シナリオの先を知っている。

主人公のジークに、取って代わるつもりだ。

「絶対、殺す……」

もともと、アルフォンスは途中で死ぬキャラだ。

本来のシナリオ通り、死んでもらわないといけない。

どうすればいいか……？　あっ！

「決闘で、アイツが負ければいい。あわよくば……」

◇　◇　◇

放課後——

講堂の南にある、訓練場にAクラスの学園生は集まった。

「よく逃げなかったなっ！　無能のヴァリエ侯爵令息……っ！」

ガベイジが、俺を煽ってくる。

俺は逃げたかったのだが……

「アルフォンスは、あなたごときに負けません。あなたこそ、逃げた方がよくてよ？」

「ぐ……っ！　王女殿下に守ってもらうとは……どこまでクズなんだっ！」

オリヴィアに煽られて、イラつくガベイジ。

ていうか、煽ってるのオリヴィアなのに、なんで俺が罵倒されるんだよ……

「賭けのオッズはどうなってる？」

「一対九で、ガベイジ伯爵の優勢だ」

「俺もガベイジ伯爵に賭けよう」

おいおい。アイツら……賭けてやがる……

しかも、俺は圧倒的に劣勢らしい。

みんなアルフォンスが負けると思っている。

それもそのはず。

ガベイジは、貴族でありながらAランク冒険者に匹敵する戦闘能力を持つ。

学園の入学前に、すでに難易度Aランクのダンジョンを攻略している男だ。

深層にあるレア度Aランクの武器『龍神剣』を持ち帰り、名誉ある攻略者の勲章《くんしょう》を国王から賜《たまわ》った。


……たしか、そういう設定だったはず。

一方、アルフォンスは表向き何の功績もない。

原作の設定では、アルフォンスの戦闘力はクソ。

最速プレイなら、レベル3のジークで倒される雑魚だ。

だからまともな頭のやつなら、アルフォンスに賭けることはあり得ない。

というか、俺に賭けたのって、いったい誰だろう……？

もしかして、オリヴィアか？

いやいや、王族のオリヴィアが賭け事なんて下品なことはしないだろう。

うーん……誰なのかわからんな……

「……てめえっ！　聞いてんのかっ！」

「すまん。つい考え事をしていた」

ガベイジがキレてくる。

その右手には、龍神剣が握られていた。

「……では、女神アルテの名の下に、神聖なる決闘を行います。ルールは、どちらかが降参するまでです」

ロゼリア先生が、右手を振り上げた。

「決闘——開始！」

ロゼリア先生が宣言した瞬間。

「おらあああっ！」

龍神剣を振り上げて、俺に突撃してくる。

本気を出すと、実力がバレてしまうな……

「ぐっ……？　な、なんだこれ？」

ガベイジの足元に、水色の液体が絡みつく。

「スライムだよ」

水属性第七階梯《かいてい》魔法、スライム生成。

ヴァリエ侯爵家の血統魔法だ。

血統魔法は、特定の家系の人間しか使えない固有の魔法。

ヴァリエ侯爵家の書庫にあった魔導書を読んで、俺はその魔法を習得した。さらに俺なりのアレンジを加えたことで、スライムたちを意思を持って動かせるようになっている。

「足が動かない！　卑怯だぞ！」

「おいおい。ヴァリエ侯爵家に伝わる、由緒正しい魔法だぞ」

「クソがっ！　……我が業火《ごうか》で焼き尽くせ。ファイア！」

ガベイジが右手から、炎を放とうするが、俺のスライム——プギーの身体が伸びて、ガベイジの腕を締め上げる。

「ぶぎーっ！」

「ぐぐ……っ！」

ギリギリと、徐々にガベイジの全身を締めつける。

「もう降参しろ」

「モンスターに頼るとは……クズ野郎がぁ！」

降参する気はないらしい。

もうちょっと強く締めないとダメか……

そう思った時、背後から魔力を感じた。

これは雷魔法……っ！

「ぷぎいいいいいっ！」

――バチッ！

プギーはガベイジから離れて、俺の背中を守った。

いったい誰だ……？

何者かが、俺の背中にライトニング・アローを放ったようだ。

しかも、不可視の偽装魔法を付けている。

プギーの魔法探知機能のおかげで、なんとか直撃を避けられた……

「ははは！　今だぁ！」

ガベイジは龍神剣を大きく振りかぶって、俺に襲いかかってきた。

「……ここにもプギーはいるんだよ」

俺は左手の袖から、もう一匹のプギーを放つ。

そう。スライムは分割して使役できる。

「ぐわあああああああっ！」

ガベイジの顔にプギーがへばりついた。

「早く降参しろ。窒息《ちっそく》するぞ？」

「く、苦しい……っ！　こ、こ、こ、こうさ……ブクブク……」

ガベイジはプギーを剥がそうと必死だ。

今、たぶん降参って言ったよな？

「ロゼリア先生、ガベイジ伯爵は降参するそうです」

俺はロゼリア先生に告げる。

「そのようですね……決闘の勝者は、アルフォンス・フォン・ヴァリエ侯爵令息です！」

◇Side：ジーク◇

「マジかよ……ヴァリエ侯爵令息が勝った」

「あり得ないだろ」

「俺の金があぁぁっ！」

アルフォンスが勝ってしまった……

学園のほとんどの連中がガベイジに賭けていたから、金を失ったやつらの恨み節が聞こえる。

俺もガベイジに賭けていた。

アルフォンスは負けることになっていた。

俺のライトニング・アローを足に受けて動けなくなったところにガベイジがとどめを刺すはずだった……

なんでだ……っ！　なんで俺の攻撃が効かない……っ！

完璧な偽装魔法で、姿を隠し、音もなく、ライトニング・アローを放った。

誰にも気付かれるはずがない。

なのに、スライムごときに俺の攻撃は防がれた……

「アル様、イケメン……っ！」

「ヴァリエ侯爵令息って強いんだな」

「マジですげよ！」

たくさんの学園生が、アルフォンスのところへ集まる。

クソ……っ！　みんながアイツをチヤホヤする……

『クソ雑魚』だと思われていたアルフォンスが、Aランク冒険者と同等の実力を持つガベイジに勝ったんだ。

新入生の中では、かなり強い部類の魔術師であることは間違いない。

最強はジーク。

最強は主人公のポジション。

そうだったはず。

アイツは、俺からその最強のポジションすら奪った……

「ヴァリエ侯爵令息、クズ呼ばわりしてすまなかった」

「本当にヴァリエ侯爵令息はお強いのね……今までごめんなさいっ！」

「これからはお友達になりたいですうっ！」

今までアルフォンスをバカにしていたやつらが、手のひらを返したように、アルフォンスに媚《こ》び始める。

みんなこぞって、アルフォンスと仲良くなろうとしている。

「ヴァリエ侯爵令息……キミは本当にすごかった。キミを雑魚と言ったことを謝る。今までの非礼を許してくれ」

ガベイジが、アルフォンスに深く頭を下げた。

な……っ！

ガベイジがアルフォンスに謝っただと……っ！

プライドの高いガベイジが謝るなんて、あり得ない。

ガベイジは、そんなキャラじゃないはずなのに……

「……別にいいよ。気にしてない」

「ありがとう……っ！　キミはなんていい人なんだ！」

しかもアルフォンスもそれを寛大に許しただと……っ！

「クソ雑魚」「クズ貴族」「無能」とここまで散々、罵ってきたガベイジを許すとは……

原作では、アルフォンスは執念深く相手を恨む。

自分を侮辱《ぶじょく》したやつを、絶対に許さないキャラだ。

「ヴァリエ侯爵令息……優しすぎる……」

「なんて器の大きい人なんでしょうっ！」

「かっこいい……抱かれたいわっ！」

アルフォンスの評価が急上昇している……

クソ……っ！　本当ならジークが……

原作のイベントでは、ジークが決闘でガベイジを倒した後、ガベイジを寛大に許す。

それでジークの株がどんどん上がっていくはずだった……

「みなさん。これでヴァリエ侯爵令息がギルド派遣に選ばれたことに、異議はありませんね？」

ロゼリア先生が、Ａクラスのやつらに問いかける。

そもそもよく考えたら、ロゼリアがこの学園にいるのもおかしい。

彼女はアルフォンスのせいで自殺するキャラのはず……どうしてまだ生きているんだ？

かなりシナリオからズレ始めてきている。

しかも、アルフォンスの都合が良いように話を運びやがる。

「うん。ヴァリエ侯爵令息が適任だ」

「アル様がAクラスで一番強いんですもの」

「ヴァリエ侯爵令息、頑張ってっ！」

全員が、アルフォンスをギルド派遣に推す。

本当ならあんなやついないのに……っ！

俺は血が出るほど、強く拳を握りしめる。

「アルフォンス。クラス全員があなたの実力を認めました。あたし……めっちゃくちゃ嬉しいですっ！」

オリヴィアがアルフォンスに抱きつく。

たわわな胸が、アルフォンスに当たりまくる。

クソ……っ！　あのおっぱいだって俺のものだったのに……っ！

オリヴィアは、原作のメインヒロインで、俺の推しのヒロイン。

なぜ『推し』なのか？　それは、オリヴィアが巨乳だからだ……っ！

母性溢れるあの豊満な胸……まさに俺の求めていたもの。
このゲームは、十八禁のエロゲだ。
ジークに転生した時、真っ先に思い浮かべたのは、オリヴィアとのそれ。
やっと本物のオリヴィアと繋がれると思ったのに……
全部、全部、全部、アルフォンスに持って行かれる……っ！
「今度こそ、殺してやる……っ！　絶対に！」

◇Side：レギーネ◇

学園の鍛錬場。
決闘に勝ったクズフォンスを、あたしは呆然と見ていた。
「クズフォンスが勝っちゃった……」
信じられない。
あの『クソ雑魚のキモブタ』が、ガベイジ伯爵に勝つなんて……
あたしは夢でも見てるのかしら……？
嫌われ者のクズフォンスの周りに、人がたくさん集まっている。

オリヴィア王女殿下まで、クズフォンスに期待している。
なんだかどこか別の世界にいるみたいだわ……
まるで想像できなかった未来ね。
「……ねえ。レギーネ、大丈夫？」
リーセリアが、あたしに話しかけてきた。
心配そうな表情で、あたしの顔を覗き込む。
「ありがとう。何でもないわ……」
「そう？　悩みがあれば相談してね。最近、様子が変だから……」
たしかにあたしは、最近おかしくなっている。
もう気になって仕方ないわ……っ！
クズフォンスが――水の魔術師なのかどうか。
いや、それはあり得ないはず。
あたしは、クズフォンスを子どもの頃から知っている。
クズフォンスは、怠惰で無能なくせに傲慢で、どうしようもない存在。
一緒にいるのが嫌で嫌で仕方なかった……なのに、今のクズフォンスはカッコいい――
ううん。そんなことない……っ！

痩せて、ほんのちょっとカッコ良くなっても、水の魔術師様とは全然違う。

中身は昔のクズフォンスのままだから。

どうせクズフォンスとは、婚約破棄するんだから……

「レギーネ。あたし、アル様に賭けたんだ」

リーセリアが、あたしに耳打ちしてきた。

「えっ？　じゃあ、アルフォンスに賭けたひとりって……」

「うん。あたしなの」

「なっ……！」

あたしは驚いて、よろめいてしまう。

「どうしてアルフォンスに賭けたの？」

「それは……アル様が好きだから」

「えぇぇぇっ！」

声が裏返ってしまうあたし。学園生の視線が、あたしとリーセリアに集まる。

「しーっ！　声が大きいよ！」

「アルフォンスが好きって……リーセリアの婚約者はどうなるの？」

「今の婚約者とは、婚約破棄するつもり」

あたしは言葉を失う。

リーセリアは、本気でアルフォンスのことが好きみたいだ。

自分の婚約者を捨ててまで、アルフォンスと結ばれようとするなんて……

「で、でも……アルフォンスにも婚約者がいるから……」

「アル様の婚約者よりあたしが愛されて、アル様にも婚約破棄してもらうから」

「……いや、いやいやいや、そんなのめちゃくちゃよ。お互いの家が認めるわけない」

「もしアル様が今の婚約者さんと婚約破棄しないなら、あたしは二番目でもいい。アル様のためなら、死んでもいいから」

アルフォンスの今の婚約者は、あたしだ。

つまり、リーセリアは、あたしから婚約者のアルフォンスを奪おうとしているわけで……

リーセリアの目は真剣そのものだった。

「そんなにアルフォンスがいいの？　あんなやつのどこがいいの？」

「！　アル様はすっごおぉくカッコいいよっ！　優しくて強くて、最高の男性だと思うっ！」

「そう……かな？　たぶんリーセリアの勘違いだと思う。アルフォンスは、怠惰で傲慢で無能で変態のクズだよ。あたしは子どもの頃から知ってるから……」

「……レギーネ。アル様のこと嫌いなの？」

鬼の形相で、あたしを睨むリーセリア。

「き、嫌いじゃないわよ……っ！　ただ、昔のアルフォンスはダメだったわけで……」

「じゃあ、今のアル様はすごいと思うのね？」

「くぅぅ～っ！　す、すごい……かも。ほ、ほんの少しだけ、ね」

あのクズフォンスをすごいと認めるなんてムカつく。

クズフォンスのくせに生意気よ……っ！

「レギーネは、アル様と幼馴染でしょ。協力してほしいの。あたし、アル様を本気で好きだから」

リーセリアは、あたしの手をぎゅっと握った。

「……わかったわ。もちろん協力する」

「ありがとうっ！」

リーセリアがあたしに抱きつく。

ま、いいか。あたしには水の魔術師様がいるし。

◇　◇　◇

――冒険者ギルド派遣イベント

原作ではユリウス、オリヴィア、ジークの三人は、冒険者ギルドと協力して、古代バルト神殿跡ダンジョンを攻略する。

貴族から独立した冒険者ギルドの栄光の盾に、三人は派遣される。

王国で唯一、貴族から財政的援助を受けてない冒険者ギルドで、その強さは王国で一番だ。

冒険者たちは、貴族と違い生まれに関係なく、己の実力だけで成り上がってきた。

だから栄光の盾の冒険者たちは、貴族を『無能』とバカにしている。

今回のギルド派遣は、そんな仲の悪い冒険者と貴族の友好関係を修復するために行われるという意味合いもあった。

あとは、優秀な学園生に実戦経験を積ませるためだ。

出発は三日後か。

俺が寮に戻ると、部屋のドアを開けた途端、リコが俺に抱きついてきた。

「アルフォンス様、すごいですっ！　ギルド派遣に選ばれるなんてっ！」

「ぶは……っ！」

や、柔らかいものが当たりまくる……っ！

しかも、なんだかいい匂いするし。

「アルフォンス様、この新聞に載ってますよ」

クレハが新聞を持って来た。

「ほら、ここです。「キモブタと呼ばれていたヴァリエ侯爵令息が、Aランク冒険者のガベイジ伯爵に大勝利！」って……！」

学園新聞の一面に、決闘のことが書かれていた。

決闘は今日の出来事なのに、号外が発行されたらしい。

しかも、デカデカと写し絵つきで。

それはともかく、新聞で人のこと『キモブタ』とか書くなよ……

「で、ここも見てください。「令嬢が愛人になりたいランキング、第1位はヴァリエ侯爵令息！」ですって！」

学園でなんてものを出してるんだ……？

企画が酷すぎる。

「えーと、二位がユリウス王子殿下で、三位がジークさんみたいですね」

「そうなのか……」

プライドの高いユリウス王子殿下を抜いてしまった。

めんどくさいことにならないのを祈るばかりだ。

「この新聞、せっかくだから飾りましょう！」

「それがいいですね。アルフォンス様の勇姿を記憶に刻むために」

リコとクレハが、学園新聞を額縁に入れて部屋の真ん中に飾ろうとした。

「おいおい。恥ずかしいからやめてくれ」

「いいえ。やめません。大切なことですから」

「そんな大したことじゃないし」

「決闘勝利記念としてヴァリエ侯爵家に報告しないといけません。きっとご両親もお喜びなさいます」

リコは俺を無視して、額縁に学園新聞を飾った。

「ふんす！　我ながらよく飾れました！」

自画自賛するリコ。

コンコンッ！

ドアを叩く音がする。

「あら。誰かしら？」

リコがドアを開けると――

「突然の訪問失礼します。私はリーセリア・フォン・ベンツと言います。アル様……いえ、ヴァリエ侯爵令息様にお話がありまして」

ベンツ伯爵令嬢――レギーネの友達が立っていた。

いったい何の用だ……？

アルフォンスが絡むキャラじゃないはずなのに。

「どうも。何のお話でしょうか？」

「……その、ヴァリエ侯爵令息は、明日はお時間空いてますか？」

リーセリアの顔が、ほんのり赤くなっている。

「特に用事はないですが」

「でしたら……私とお出かけしませんか？」

第七話　婚約者の親友からのお誘い

「おはようございますっ！　アル様っ！」

午前十一時。

セプテリオン魔法学園の正門前で、俺とリーセリアは待ち合わせた。

黄色いドレスと、赤いベレー帽を被ったリーセリア。

長い巻き髪が、風でふんわりと揺れる。

すごく可愛いじゃん……

原作だと、リーセリアはレギーネの親友キャラとして登場する。

主人公ジークの攻略対象だ。

親友のレギーネがジークを好きになって、レギーネの恋愛を応援するが……

その後、リーセリアもジークを好きになってしまう。

だからプレイヤーは、レギーネとリーセリア、どちらを選ぶか迫られる。

もしもどっちつかずの選択を続ければ、レギーネもリーセリアも病んで、学園を自主退学してしまう。

つまり、バッドエンドを避けるためには、どちらかを捨てないといけないわけだ。

だから俺は、レギーネもリーセリアも避けていたのだが……

このデートは、その主人公に起きるはずの共通イベントだ。

これからの選択次第で、どちらのルートに入るか決まってしまう。

「おはよう。リーセリア」

「実はおいしいアムザックのお店があって……アル様と一緒に行きたいんです。アムザック好きですか？」

アムザックはベンツ伯爵領の郷土料理。

三角形のパイ生地に、牛肉と野菜とスパイスを詰め込んだ伝統食だ。

前世の料理で言えば、ミートパイに近い。

「アムザック、好きだよ」

「よかったですっ！　さっそく行きましょう！」

明るく笑うリーセリア。

学園に来るまでは、レギーネ以外の令嬢とはあまり話せなかったら新鮮だ。

レギーネはいつもブスッとしてたからな……

俺とリーセリアは学園を出て、王都の街を歩いた。

王都の南にある、商業地区だ。

国王公認の商会があり、出店がたくさんある。

休日は学園生で賑わっていた。

ブラント商会通り、という大通りをしばらく歩いて、路地に入る。

「ここにお店があるんです。あんまり知られていないところだけど、すごくおいしくて」

こぢんまりした店が見えてくる。

たしかに知る人ぞ知る店、といった感じだ。

肉を焼くいい匂いがするな……

「あれは……？」

その店の近くの垣根に、見覚えがある女の子がいた。

チラチラチラチラ。

「……」

めちゃくちゃこっちを見てくる……

「レギーネ……？　ここで何してるんだ？」

「……!?」

◇Side：レギーネ◇

リーセリアからアルフォンスとデートをするという話を聞いたあたしは、すぐさま二人の後をつけることに決めた。

「あたしという婚約者がいながらデートなんて……」

幼馴染で婚約者のあたしを差し置いて……っ！

もちろんクズフォンスをリーセリアほど好きというわけじゃない。

水の魔術師様とあたしが結ばれるまでの、つなぎの関係だ。

所詮、クズフォンスは踏み台にすぎないのだけど……

それでも一応あたしの婚約者。

「親友に取られるのは嫌だ……」

最近、クズフォンスは変わった。

まず、すっごく痩せた。

イケメン……とまでは言わないけど、見方によってはカッコいいかもしれない。

もちろん、水の魔術師様には及ばないけどねっ！

あと、強くなった……かも。

昔は簡単な生活魔法も使えなかったくせに、ガベイジ伯爵に勝っちゃうし。

まあクズフォンスにしてはやるじゃない？

決闘に勝ったことだけは、褒めてあげてもいいわ。

「せっかくあたしがほんの少し認めてあげようと思ったのに――」

リーセリアとデートするなんて！

ブラント商会通りにある、アムザックの店に行く。

リーセリアが昨日、そう言っていた。

「これは、リーセリアのため。クズフォンスがリーセリアに何かしないか監視するため……」

あたしは変装魔法を使って、別人になった。

髪の色も瞳の色も変えたし、これでバレないはず。

「ふっふっふ……っ！　完璧な変装魔法よ！」

絶対見つからないわ……

そのままクズフォンスとリーセリアの尾行を開始した。

これはストーカーじゃない。

リーセリアを守るためだ。

「ちょっと……っ！　あたしのクズフォンスに近付きすぎよ！　もっと離れて歩きなさいよ！」

やたらクズフォンスとの距離が近いリーセリア。

キモブタに襲われたらどうするのよ……？

「あんなに楽しそうに笑って――」

二人とも本当に心から楽しそうで……

すっごくムカついてきた……っ！

あたしがギリギリと歯ぎしりしていると――

「レギーネ……？　ここで何してるんだ？」

「……⁉」

クズフォンスから声をかけられてしまった。

◇　◇　◇

「えっ？　あの子……本当にレギーネなの？」

リーセリアが目を丸くして俺に尋ねる。

「ああ。変装魔法で姿を変えているんだよ。なぜか知らないけど……」

レギーネの髪は薄桃色で、瞳は鳶色。

だが今は、髪も瞳も黒だ。

「あ……あははは。レギーネって誰かしら？　あたしは通りすがりの令嬢で……」

全力で白を切るレギーネ。

どうして正体を偽るんだ……？

「たしかに……よく見るとレギーネに似てるわね……」

リーセリアは、じーっとレギーネの顔を覗き込む。

「い、いや……っ！　やめて！　は、恥ずかしいから……っ！」

レギーネは顔を両手で隠す。

高い声……完全にレギーネの声だ。

変装魔法だと声まで変えるのは難しい。

これで正体が明らかになったな。

「ねえ、レギーネ。ここで何してるの？」

怪訝《けげん》な顔をして、リーセリアが問い詰める。

「た、たまたま来ただけよ！　あたしも買い物したくて……」

「何を買いに来たの？」

「え、えーと、えーと、えーと……あははは……」

レギーネは手ぶらで何も持っていない。

目がキョロキョロ、泳ぎまくっている。

「そ、そうだっ！　あたしもアムザック食べたいのよ！　だから食べに来たの！」

めちゃくちゃ焦りながら言うレギーネ。

まるで今、思いついたみたいだな……

「アムザック好きだったっけ？」

レギーネは、肉があまり好きじゃなかったはずだが。

「好きよ！　あたしはアムザック大大大好きだものっ！　あたしがアムザック好きだったら悪いわけ？」

「いや、悪くはないけどさ……」

「ふふんっ！　あたしは生まれた頃からアムザック好きだったからねっ！　これで文句ないでしょ！　ふはははは っ！」

謎の高笑いをするレギーネ。

どこの悪役令嬢だよ……？

「で、アルフォンス、どうするわけ……？」

「どうするって……？」

なんだかすげえ嫌な予感がする……

「言わなきゃわかんないわけ？　はあ、やれやれ……本当にアルフォンスはダメね。あたしがアムザック好きだって言っているわけよ？　そして、目の前に、美味しそうなアムザックのお店がある。だから――」

「だから……？」

「もうっ！　なんでわかんないのよっ？　バカっ！」

俺の胸をポカポカ叩いてくる。

地味に痛いのだが……

「ほら、あたしを誘いなさいよ！　レギーネちゃんと一緒にアムザック食べたいって言いなさいよ……っ！」

「ああ……そういうことか……」

誘ってほしい、ってことなのか……

やたら怒りまくっているから、よくわからなかった。

「……レギーネも、一緒に食べる？」

「いいわよ。仕方ないわね」

ふんっと、鼻を鳴らすレギーネ。

なんでこんなに偉そうなんだよ……？

「レギーネも……一緒に？」

リーセリアが泣きそうな表情で、俺の腕をぎゅうと掴んだ。

「こらっ！　アルフォンスっ！　リーセリアを触るんじゃないわよ！」

「えっ？」

リーセリアの方から俺を掴んだのに……？

「アル様は悪くない。あたしからアル様に触ったから」

「……!?」

リーセリアは澄ました顔で言うが、レギーネは顔を真っ赤にする。

「……リーセリアがアルフォンスに襲われたらと思って」

「アル様はそんなことしない。アル様はとっても紳士だから」

「ぐ……っ」

黙り込むレギーネ。

「令嬢が男を取り合っているぞ」

「二人とも可愛いじゃん」

「クソ、めちゃくちゃ羨ましい……」

アムザック店の前で、ずっと言い合いをしていたら、だんだん目立ってきてしまった。

これはマズイな……

「とりあえず二人とも、早く店に入ろう……ここだと目立つから」

「そうね。あたし、アムザック大好きだから。早く早く早く食べたいっ！」

「もお。あたしがアル様を誘ったのに……」

妙にテンションが高いレギーネと、不満げなリーセリア。

正反対の二人を連れて、俺は店へ入った。


「あたしがアルフォンスの隣に座るっ！」

「ヤダっ！　あたしがアル様の隣がいい！」

アムザックの店に、俺とレギーネ、リーセリアが入った。

こぢんまりした店で、テーブルは四つしかない。

髭《ひげ》もじゃの年老いたドワーフが店主だ。

で、今俺の目の前では、誰がどこに座るかで二人が揉めていた。

「これはね、リーセリアのためなの。アルフォンスみたいな女に飢《う》えているやつが隣にいたら大変なことに……」

「あたしはアル様を信じているから大丈夫……っ！」

リーセリアは俺の腕を掴んで、俺を自分の隣に座らせた。

「アルフォンス！　あたしの隣に座りなさいっ！」

「いいえ。アル様はあたしの隣に座ります。だってあたしとのデートだもの」

バチバチバチバチ。

二人の間に火花が散っている。

「……！」

原作だと、レギーネとリーセリアは、ジークを取り合うのだが、もしかしてモブのアルフォンスを取り合っている……？

レギーネが俺たちを尾行してくる展開こそなかったが、それ以外の流れが原作のレギーネそっくりだ。

取り合う男がジークじゃないという一番の問題はあるが。

このままじゃ、原作にまた介入してしまう。

俺は余計なことに、巻き込まれたくない。

二人から自然と離れていかないとな……

いまだに揉めている二人を後目《しりめ》に、俺は注文を始めた。


「すごい量ね……」

目を丸くするレギーネ。

皿いっぱいに、アムザックが盛られる。

香ばしいパイの匂いがする。

「せっかくだからアル様にたくさん食べてほしいと思って……」

リーセリアが不安そうに言う。

「うん。ありがとう。腹減っていたから助かる」

実際、俺は肉が好きなので、アムザックには興味があった。

「ふんっ！　またデブになるわよっ！」

「あら。アル様はカッコいいです」

「リーセリア、ありがとう」

「ぐぬぬ……っ！　ふーんだっ！」

ぷいっと、レギーネは顔を背ける。

よかった。

やっぱりレギーネからは嫌われたままだ。

「アル様、あーんして？」

リーセリアはアムザックを手に掴んで、俺の口元に近付ける。

これも原作であったシーンで、本来なら選択肢が出てくる場面だ。

あーんを断るか断らないか。

そのまま受け入れれば、リーセリアルートに入る。

逆に断れば、レギーネルートのままだ。

レギーネの好感度が低いから、レギーネルートに入ればこのまま婚約破棄して終了できる。

これで二人がジークのもとに行ってくれれば、元のシナリオに帰ってこれそうだな。

「いや、いいよ。自分で食べられるから」

原作のジークのセリフを言う。

これでリーセリアルートは回避だな……

と、思っていたが、リーセリアが予想外の動きをしてきた。

「ダメです。アル様に絶対に食べてもらうために誘ったんですから。さ、あーんしてください」

ぐいっと、さらにアムザックを近付けてきたのだ。

原作だと、ジークが断れば諦めるはずなのに。

「アルフォンス、あーんしなさい。リーセリアに食べさせてもらうなんて、アンタにはもったいないわ。幼馴染のあたしが代わりに食べさせるから」

しかもレギーネまでアムザックを近付けてくる。

「「さあ、あーんして！」」

こんな展開、原作になかった……っ！

◇　◇　◇

俺たちはアムザックの店を出た。

あの後、レギーネとリーセリアに大量に食わされたせいで、腹がいっぱいだ。

ブランド商会通りを三人で歩いていると、リーセリアが目の前の店を指さした。

「あ、魔宝石《まほうせき》の店がある……っ！」

アンジェリカ魔宝石店。

王都一の魔宝石の店だ。

アルトリア王家の御用達《ごようたし》の店で、現アルトリア王妃も身に着けている。

魔宝石は、ダンジョンでモンスターがドロップする魔力を帯びた鉱石――魔石の中でも、特に貴重な魔石のことで、アクセサリーによく使われる。

ざっくり言えば、魔石の中でもレアな石を魔宝石と呼んでいる感じだ。

「アル様、ちょっと見て行ってもいいですか？」

「うん。いいよ」

俺は軽い気持ちで返事をしたのだが、店に入ると、そこはカップルだらけ……っ！

みんな、婚約指輪を探している。

「ふふふ！　アル様、あたしたちみたいな人たちがいっぱいいいますね！」

リーセリアが、俺の右腕をぎゅうっと強く掴んできた。

柔らかい大きな胸が押し当たる……っ！

しかも顔を近付けられたことで、いい匂いがする……

「ちょっと！　リーセリアに触らないで！」

今度は、俺の左腕がレギーネに引っ張られた。

いや、リーセリアの方から掴んできたのだが……

「おい。あいつ、婚約者が二人いるのか？」

「どっちが正妻なのかしら……？」

「どっちもすげえ可愛いじゃん」

店内がざわつく。

「リーセリア様、いらっしゃいませ！」

俺が二人に引っ張られていると、奥からエルフの女性が出てきた。

金髪のキレイな、お姉さんのエルフだ。

「アンジェリカ、久しぶり」

このお姉さんのエルフが店主らしい。

「お待ちしておりました。あらあら。今日は将来の旦那様をついに連れてきたのですね？」

「はい！　あたしの愛する婚約者の、アルフォンス様ですっ！」

「え……っ？」

いきなり婚約者として、紹介されてしまった俺。

「かっこいいフィアンセですね。ぴったりの婚約指輪を選んで差し上げますわ」

「ふふ。アンジェリカ、お願いね！」

「あの……これはいったい？」

いきなりのことで混乱しまくる俺に、アンジェリカさんが説明してくれた。

「当店はベンツ伯爵家のご支援を受けていています。先々代から、ずっとベンツ伯爵家と懇意にしているのです。リーセリア様は幼い頃から、よく当店に遊びに来ていました」

どうやらリーセリアの実家――ベンツ伯爵家は、アンジェリカ魔宝石店のパトロンらしい。

この世界の貴族は、自分が気に入った商人や冒険者のパトロンになる。

有力な貴族のパトロンになれば、商人や冒険者は様々な特権を得られるわけだ。

「ベンツ伯爵家のおかげで、質の良い魔宝石が手に入ります。リーセリア様のために、特別な品を用意しました」

魔宝石は、ダンジョンにいる宝石獣《ほうせきじゅう》と呼ばれるSランクモンスターからドロップする。

その討伐のためにランクの高い冒険者に依頼する必要があるが、冒険者から身を立てたベンツ伯爵家の後ろ盾があれば、冒険者ギルドへの依頼も出しやすいというわけだ。

「……これが、リーセリア様とアルフォンス様のために用意した、魔宝石の指輪です」

アンジェリカさんが奥から小さな木箱を持ってきた。

木箱を開けると、指輪が二つ入っていた。

サファイアのような青い魔宝石がついている。

「リヴァイアサンがドロップした、魔宝石で作りました。特別な加護があるようです」

リヴァイアサンの指輪――リーセリアルートでしか手に入らないアイテムだ。

もちろんこれも、本来なら主人公ジークの専用装備。

装備すれば、なんと攻撃力が二倍になる。

ステータスバフ系の装備では、最強だと言われている。

ジーク専用の装備だけど、俺は装備できるのかな……？

「では、試着してみましょうか。指を出してください」

俺は言われるがまま左手の薬指をアンジェリカさんに差し出した。

「ま、待ちなさいよ……アルフォンスの『本当の婚約者』を差し置いて、婚約指輪をつけるなんて……そんなの絶対、絶対、絶対、ダメよ！」

さっきまで呆然としていたレギーネが、俺の左手を掴んだ。

「レギーネ……ただ試しに指輪をつけるだけよ。サイズが合わないといけないから」

「おかしいでしょ！　それじゃまるで、もうアルフォンスと婚約したみたいじゃない……」

「まだ婚約はしてないわ。まだ婚約の予約をしているだけで」

婚約自体が、結婚の予約のようなものだ。

その婚約の予約——うーん、ややこしい……

「とにかくダメ！　アルフォンスはあたしの婚約——」

レギーネがそう言いかけた時、店の入口から声が響く。

「オラァ！　お前ら全員、動くんじゃねえ!!」

黒い狼の被り物をつけた男たちが、店に押し入ってきた。

「動いたら殺すぞ……っ！」

強盗か……っ‼

しかもあの特徴的な被り物は……

「黒狼カルテルか……」

王都に巣喰う犯罪組織の黒狼カルテルは、黒狼の被り物と黒い尻尾《しっぽ》が特徴だ。

王都のスラムを拠点として、麻薬やら強盗やら、あらやる犯罪を取り仕切っている。

一見、獣人族っぽく見えるが、実は元冒険者たちが獣人族の犯行に見せかけるためのカモフラージュ。

黒幕は、獣人族を差別するこの国の宰相のバッキンガムで、より獣人に対する世間の目を厳しいものにするのが狙いだったはず。

原作では、ジーク、レギーネ、リーセリアで黒狼カルテルを撃退することになっていた。

店の中にはまだ人がたくさんいるし、隙が狙えるようになるまで指示に従っておこう……

ひとまずいつでも対応できるようにプギーだけ床に仕込んでおくか。

「おい！　早くここを開けろ！」

黒狼カルテルの男が、アンジェリカさんに怒鳴る。

「わ、わかりました……」

一番高価な魔宝石のあるショーケースをピンポイントで狙っている。

つまり、黒狼カルテルは、どこに高価な魔宝石があるか事前に知っている。

計画的な犯行だ……

黒幕で亜人差別を推奨《すいしょう》するバッキンガム宰相からすれば、亜人差別に反対するベンツ伯爵家は敵同然だ。

亜人であるエルフの経営するこの店を、いつか襲うもりだったのだろう。

「オラァ！　早くしやがれっ！」

黒狼カルテルの男が、剣を振り上げる。

マズイ……っ！

「やれっ！　プギーっ！」

俺の命令とともに、先ほどまで仕込んでいたスライムのプギーが床から飛び出て男たちにまとわりつく。

真っ先に飛びつかれた男が悲鳴を上げた。

「おわ……っ！　な、なんだこれは……？」

床から出てきた水色の手が男の腕を掴み、プギーは続けて他のやつらの腕と足を拘束する。

「クソ！　動けねえ！」

「スライムが身体に……」

「は、離れない……っ！」

全員、速やかに拘束完了だ。

「あたしたちの出番なかったわね……」

「そうね。アル様がすごすぎて……」

レギーネは炎属性の魔法、リーセリアは風属性の魔法の使い手だ。

二人ともいつでも発動できるように準備を整えてくれていた。

原作では、ジークとともに協力して黒狼カルテルと戦う。

黒狼カルテルは経験値がたくさんあるから、二人もレベルアップできるはずだが、俺が全部経験値を取ってしまったな……

「よし。衛兵を呼んでこよう」

黒狼カルテルの受け渡しも済んだところで、俺はリーセリアたちと解散したのだった。

婚約者の件は有耶無耶《うやむや》にできたからよかったというべきか。

◇Side：レギーネ◇

アルフォンス、リーセリアと別れた後、あたしは学園の寮の部屋に戻ってきた。

今日は散々な日だった……

完璧な変装魔法をしたのに、クズフォンスに見破られるし、苦手な肉がたくさんのったアムザックを食べさせられるし、アンジェリカ魔宝石店では強盗に襲われるし……

何かに取り憑かれてるのかしら……？

あの強盗事件の後、黒狼カルテルは衛兵に捕まった。

何カ月も前から、アンジェリカ魔宝石店を狙っていたらしい。

あえて店内に人がたくさんいる昼の時間帯を狙ったのは、お客さんの令嬢たちを人質にするつもりだったそう。

それにしても――

「婚約指輪を用意してるなんて……外堀を埋めすぎよ」

リーセリアは、アルフォンスとの婚約指輪をすでに用意していた。

今の婚約者と、婚約破棄してアルフォンスと結ばれる気でいる。本気で。

「もしこのまま、クズフォンスとの既成事実を作られることがあれば……ハッ！」

この国の貴族社会の慣習として、既成事実があれば即婚約破棄になる。

「もしかして、クズフォンスに夜這いを仕掛けるつもり……⁉」

想像するだけで、顔がすっごく熱くなる。

このままじゃ、クズフォンスはリーセリアのものになってしまう。

あたしができることは、たったひとつだけだ。

それは――リーセリアが動き出す前に婚約者を突き止めること。

「誰がリーセリアの婚約者か突き止めて、その人にクズフォンスのことを暴露すればいい……」

リーセリアがクズフォンスにアプローチしていると婚約者が知れば、きっと阻止するに違いない。

「親友の恋路を邪魔するなんて……最低よね」

でも、クズフォンスはあたしの婚約者だ。

それにほんの少しだけどイケメンになったし、水の魔術師様にちょっとだけ似てる。

まさかとは思うけど、もし水の魔術師様の正体がクズフォンスだった場合、リーセリアに取られるわけにはいかない。

「ま、本物の水の魔術師様には及ばないけどね……」

◇Side：リーセリア◇

――アルフォンスとのデートの後、学園の寮。

「レギーネはアル様を絶対好きよね……」

アル様を「クズフォンス」と言っているけど、それは気持ちを誤魔化しているだけ。

「自分の気持ちに、きっと気付いてないのね」

レギーネらしいと言えば、レギーネらしい。

あたしとレギーネは、魔法学園に通う前の令嬢学校の頃からずっと一緒だった。

令嬢学校は、貴族の令嬢としての教養や礼儀作法を学ぶ学校。

魔法学園に入る前に、令嬢たちが学ぶ場所。

授業はすこぶる退屈だったけど、レギーネと一緒なら楽しかった。

「いつまでも親友でいようって、約束したのに」

あの頃からレギーネは、幼馴染のアル様を悪く言っていた。

アルフォンスはキモいとか無能とか……「キモブタ」という言葉も何度聞いたかわからないくらいだ。

親友のレギーネがそこまで悪く言うのだから、すごく酷い人だと思っていた。

だけど、実際にアル様に会ってみたら――

「すっごくカッコいい人だった……」

ガベイジ伯爵との決闘の時。

アル様はみんなに笑われながらも、一年生で一番強いガベイジ伯爵を倒した。

魔力が多くても謙虚だし、魔法だけでなく剣の才能もある。

亜人の女の子を助けたことも聞いた。

「あんな貴族は見たことない……」

魔力の多い貴族は、ほとんど傲慢になる。

ユリウス王子殿下みたいに。

王族と言えば……

「オリヴィア王女殿下のお茶会にも誘われていたのよね……」

幼馴染のレギーネもライバルだけど、オリヴィア王女殿下はもっと強敵だ。

「オリヴィア王女殿下も、アル様を好きよね……」

オリヴィア王女殿下の目を見ればわかる。

あの目は、恋する乙女の瞳。

何より、アル様とは「呼び捨て」で呼び合う仲だ。

「はあ……アル様の周りは可愛い女の子だらけ」

オリヴィア王女殿下はもちろんすごく可愛い。

令嬢の中でもファンがたくさんいるくらいだ。

レギーネは……まあ性格はともかく、見た目は可愛いと思う。

性格も昔は今ほどとげとげしくなかったのにな。アル様の悪口は昔から言っていたけど、あたしや他の子たちには優しかった。

でも、今は人の悪口ばっかり言っている。

なんだか常にイライラしているみたいというか……

ともかく私の周りには同じくアル様を狙うライバルが多い。

ここから先んじるためには、レギーネとオリヴィア王女殿下よりも先に、アル様と既成事実を作らないと……

でもこういう時の振る舞いについては、誰からも教わったことがない。

「まさかお母様に聞くわけにいかないし……」

あたしはベンツ伯爵家の長女だから、上にお姉様もいない。

「誰に聞けばいいのかしら……？」

もちろん、レギーネに聞くわけにもいかない。

「もしかして……レギーネもオリヴィア王女殿下も、同じこと考えているかも」

婚約者を差し置いて、誰かと結ばれようと思ったら、この方法しかないからだ。

もし先に既成事実を作られたら、もうあたしはアル様と一緒になれない。

ふとそこで、ひとつの問題に気付く。

「あ、冒険者ギルド派遣があった……」

オリヴィア王女殿下は派遣期間中、アル様と一緒だけど、あたしはメンバーに選ばれていない。

もしこの間に、オリヴィア王女殿下に先を越されたら……

「どうしよう……アル様がオリヴィア王女殿下に取られてしまう！　なんとしても、あたしも潜り込まないと！」

◇　◇　◇

「アルフォンス様、黒狼カルテルを倒すなんてすごいです！」

リーセリアとレギーネと、アムザックを食べに行った次の日。

俺は自分の部屋で、またしてもリコに抱きつかれていた。

「もう学園中で噂になっていますよ！」

まるで自分のことのように、喜んでくれるリコ。

リコはいいメイドだ。

「ありがとう」

「次のギルド派遣でも、きっとアルフォンス様は大活躍しますね！」

ギルド派遣か……

もともと万が一追放された時に備えて、定期的にダンジョンに潜って腕を磨いていた俺にとって、ダンジョンに潜るのは久しぶりだ。

「わたしもお供したいのですが……ううっ！　アルフォンス様があたしから巣立っていきます……」

さらに俺を強い力で抱きしめるリコ。

子どもの頃からずっと一緒だったし、学園にもついてきてくれたから、俺としてもリコと離れるのは初めてだ。

原作だとアルフォンスはリコに嫌われていたから、ここまで仲良くなれるとは思わなかった。

これも原作破壊の理由ではあるんだけど……

「絶対に生きて帰ってくださいね。あたし、もしアルフォンス様に何かあったら……」

リコの瞳が、少し潤《うる》む。

今にも泣きそうな顔だ。

「帰ってくるよ。約束する」

「アルフォンス様……っ！」

俺の胸に顔を埋めるリコ。

俺はカチューシャがついたリコの頭を撫でる。

使用人を安心させるのも、主人の務めだ。

「大丈夫だよ。ダンジョンなら潜ったことあるし」

学園に入学する前に、俺は領地のダンジョンを攻略していた。

まず家の近くにあった、森のダンジョン。

難易度はC級で、階層も浅いからすぐに攻略できた。

それが十歳の時だった。

家に帰ってきた後、リコにすげえ怒られたわけだが……

学園入学前、つまりアルフォンスの破滅が始める前に、俺はできるだけレベルアップする必要があったからなんとか誤魔化して許してもらった。

それから次に俺が潜ったのは、領地の北にあった鉱山のダンジョン。

B級のダンジョンで、モンスターの強さもC級の森のダンジョンとは比べ物にならない。

俺のレベルが低かったからかなり苦戦した記憶がある。

ここで俺は水魔法を鍛えた。

オークが集団で襲ってくるから、スライムのプギーを生成して、俺の第二の目にする。

攻略には一カ月以上かかったが、プギーとの絆を深めて、スライム生成を使いこなせるようになった。

階層の深いダンジョンでサバイバルする術も学べた。

これが、たしか十二歳の時だった。

だがこの時は、公爵令息が一カ月も行方不明になってしまったと、大きな騒動になったな。

珍しく父親にもブチギレられたっけ……

だが、事前にダンジョンへ行くことを言えば、絶対に家族にもリコにも止められるから、黙っていくしかなかった。

「――あの時は本当に心配しましたよ。どこかの危ない趣味を持った人にアルフォンス様が攫われたと思いましたから」

少年を狙う趣味の大人って何だ……？

ここは突っ込まないようにしておくか。

「悪かったよ。あの時は」

「もう本当にそうですよ！」

ぷくっと頬を膨らませるリコ。

「マジでごめん」

「ですから、今度も必ず帰ってきてくださいね。アルフォンス様……」

◇Ｓｉｄｅ：ジーク◇

「すげえ……黒狼カルテルをひとりで捕まえるなんて」

「アル様カッコいい……」

「学園で一番強いんじゃねえか？」

Ａクラスの教室では、学園生たちが騒いでいた。

昨日、アルフォンスがアンジェリカ魔宝石店を襲った強盗を捕まえたらしい。

それが学園新聞の一面に、デカデカと載っている。

「クソ……っ！　なんでモブが、主人公のイベントを奪ってるんだよ！」

黒狼カルテルの襲撃は、リーセリアルート専用のイベントだ。

主人公ジーク、レギーネ、リーセリアの三人でデート中に発生するはずで、その過程には二人のヒロインのレギーネとリーセリアが、ジークを取り合うハーレム展開もある。

俺はハーレム大好きなのに……っ！

オリヴィア王女殿下との一対一のラブコメもいいが、レギーネとリーセリアのヒロインレースを見るのも好きだった……

レギーネは、ツンデレ幼馴染。

リーセリアは、お姉ちゃん系のヤンデレ。

「しかも、この指輪は……っ！」

俺は学園新聞の写し絵に目を凝らす。

アルフォンスの左手の薬指に、リヴァイアサンの指輪がある。

リヴァイアサンの指輪は、ジーク専用装備。

装備するだけで攻撃力を二倍にする、最強のステータスバフアイテムだ。

「なんでアイツが持ってるんだ……？」

リヴァイアサンの指輪は、リーセリアがジークと婚約の予約をするためにプレゼントする。

つまり、ジークへの愛の証。

「ヒロインも装備も、アルフォンスに取られた……」

ふざけるな。

ふざけるな、ふざけるな、ふざけるな。
こんなの、絶対に、絶対に、おかしい。
この世界の主人公は、俺だ。
世界の中心であり、神のはず。
「やっと主人公になれると思ったのに……っ！」
俺はこのゲームを愛していた。
誰よりもやり込んだと自負している。
ドラマCDも買ったし、ヒロインのフィギュアも抱き枕も持っている。
ヒロインの声優さんにも、毎日毎日、SNSで応援のリプを送り続けた。
コミケで同人誌も売ったし、二次創作を上げまくっていた。
えっちなシーンは何度も再生した。
声優のサイン会でも「最高でした！」と握手しながら叫んだ。愛ゆえに。
「俺は……このゲームを誰よりも愛してるんだ」
なのに、なのに、なのに。
「俺のすべてを、あのモブが奪っていく」
俺は学園新聞を握りしめる。

アルフォンスはもう、とっくに退場しているはず。

リーセリアルートに入る前にジークにボコられることになっていた。

「完全におかしい。アルフォンスには、絶対に何かある……」

アルフォンスは巧妙に、破滅を避けながら俺の地位を奪ってくる。

「絶対、殺さないと……っ！」

殺すしかない。

殺す、殺す、殺す。

俺の頭はもうアルフォンスを潰すという気持ちで埋めつくされていた。

「冒険者ギルド派遣イベント……そこで殺《や》るか」

第八話　バルト神殿へ

古代バルト神殿跡——難易度Ａ級ダンジョンだ。

このダンジョンの最深部に、主人公ジーク専用武器の神剣デュランダルがある。

原作のシナリオでは、冒険者ギルドと協力してダンジョンを攻略していく。

まずその前に、冒険者ギルドへ挨拶に行く。

「ちょっと狭いな……オリヴィア」

「そうですか、ユリウス兄さま？　わたしはちょうどいいのですが……？」

俺たち四人——アルフォンス、オリヴィア、ユリウス、ジークは狭い馬車に乗って、迷宮都市ロンダルディアを目指していた。

ロンダルディアは王都から東にあり、距離は馬車で一日ほど。

かつて都市の中心に迷宮があって、その周りに街がある。

名高い冒険者ギルドが乱立している一方で、犯罪組織や反体制派や邪教カルトとか……ヤバい連中も潜んでいる。

人はロンダルディアをこう呼ぶ――無法の都だと。

「王族の俺を馬車の中にすし詰めにするなんて……不敬にもほどがあるぞ」

「あら？　そうかしら？　私はちょうど良いと言うか……最高です」

やけに狭い馬車だ。

原作のシナリオでは、アルフォンスは冒険者ギルド派遣イベントに参加しない。

そもそも、アルフォンスはすでに退場して、二度と出てこないキャラだ。

つまり、アルフォンスはこの馬車に乗らない。

もともと三人で乗る馬車だから四人では狭すぎるのだ。

この辺は改変されないままなのか。

「オリヴィア……兄として忠告するが、ヴァリエ侯爵令息と密着しすぎではないか？　相手は男だぞ」

「ユリウス兄さま、わたしとアルフォンスは、お友達なのです。お友達であればこれぐらいの距離は普通ですよ？」

たしかにユリウスの言う通りだ。

俺の隣に座っているオリヴィアが、俺の身体にぴったりと密着してくる。

オリヴィアのたわわな胸がぎゅうぎゅう当たる……！

ふにょん！　ふにょん！　ふにょん！

めちゃくちゃ柔らかい……っ！

「しかし……やはりくっつきすぎだ……」

「仕方ないのです。お兄さまの言う通り、この馬車は狭いのですから」

ニコニコしながら、ユリウスに反論していくオリヴィア。

ガタンッ！

馬車の車輪が小石にぶつかったのか、大きく揺れた。

オリヴィアの身体が、さっきよりも強く寄りかかってくる。

吐息がかかるくらい、オリヴィアの顔が俺に近付く。

「きゃあ！　万が一当たっても不可抗力ですから」

「え……？」

オリヴィアが後半ボソッと何かを言っていたような……

「すっごく揺れましたね。アルフォンス、わたしを守ってくれてありがとう」

「え、いや……俺は何もしてないけど……？」

「そんなことないです！　アルフォンスは王子様のように優しく抱き止めてくれました！」

抱き止めたつもりもないが……

オリヴィアが冗談で言っているようには見えない。

目が真剣だ。

「そうか……とにかく、オリヴィアが無事でよかったよ」

「ありがとう！　アルフォンス」

さらにぎゅうっと俺に密着してくるオリヴィア。

オリヴィアの体温が伝わってきて熱い……

いったいいなんだ？

今度は横から冷たい視線を感じる。

ジークからか……？

俺がジークの方を見ると、彼は顔をそらした。

◇Ｓｉｄｅ：レギーネ◇

「誰がリーセリアの婚約者か、言いなさい」

「ぐ……っ！」

あたしはリーセリアのメイドをしているクリスティアを問い詰めた。

クリスティアは、リーセリア専属のメイドだ。

取り巻きの令嬢たちを使って、あたしの部屋に連れて来たのだ。

親友のリーセリアのことで相談がある……と言って誘い出した。

クリスティアを椅子に座られて、拘束魔法で腕を縛った。

「それは決して言えません……っ！　もし言えば、リーセリアお嬢様への裏切りになってしまいます！」

「へえ……これでも言えないのかしら？」

あたしはテーブルに、革袋を置く。

革袋の中には、レギオン金貨がたくさん。

ざっと百枚は入れておいた。

平民のままでは一生手に入らない金額。

クリスティアは、喉から手が出るほど欲しいに違いない。

「う……っ。それは……」

「アンタ、お金に困ってるんでしょ？　故郷の妹が重い病だって言うじゃない。このお金があれば、治療できるわよ」

病や呪いを治療するには、アテナ教会という組織にお布施《ふせ》が必要だ。

治癒する病が重ければ重いほど、たくさんのお布施が求められる。

特に魔法が使えない平民は、アテナ教会にお布施する以外に治療法がほとんどない。

「しかし……お嬢様を裏切るわけには――」

「大丈夫よ。もしベンツ伯爵家をクビになったら、あたしが何とか働き口は探してあげるわ」

「本当ですか？」

「ええ。本当よ……」

ベンツ伯爵家を裏切ったメイドをあたしの家――オルセン侯爵家で雇えば、確実にベンツ伯爵家と関係が悪くなるから、うちで雇うことはしないけどね。

彼女の家と表立って対立するわけにはいかない。

「さあ、誰が婚約者か言いなさい……っ！」

「リーセリアお嬢様の婚約者は――」

「婚約者は？」

「ユリウス王子殿下……」

「な……っ！」

まさかユリウス王子殿下が、リーセリアの婚約者だったなんて！

あたしは一瞬驚くが、すぐ腑に落ちた。

まあ、あり得ないことじゃないわね……

王族が勇者と関わりの深い聖女の血族を欲しがるのは自然なこと。

「ふーん。ありがとね……」

「では、これはいただいても――」

クリスティアがレギオン金貨に手を伸ばした。

「仕方ないわね」

わたしはそう言って革袋を拾い上げ、中から何枚か金貨を手渡す。

「これだけですか？　ちゃんと話しましたよ？」

「まだアンタには働いてもらいたいの。あたしのスパイになりなさい。リーセリアの動きをすべてあたしに報告するの」

「そ、そんなことできません……！」

「あら、いいのかしら？　リーセリアにあたしに情報を漏らしたことを全部バラすけど？　お金も受け取っちゃったでしょ？」

「それは……」

クリスティアの表情は絶望している。

そう。あたしはこのメイドを罠にかけたのだ。

もしあたしを裏切れば、リーセリアに捨てられる。

これでクリスティアは逃げられない。

あたしは、都合よく動く駒を手に入れたのだ。

あはは！　哀れなメイドだこと……！

思わずほくそ笑んでしまうあたし。

「後はユリウス殿下にリーセリアの思惑をバラすだけね……！」

◇◇◇

俺とオリヴィア、ユリウス、ジークは、迷宮都市ロンダルディアに到着した。

王都とは違って、なんだか不穏な空気が漂っている。

目指すは、ロンダルディアで最強の冒険者ギルドの栄光の盾だ。

原作のシナリオでは、栄光の盾にいる剣聖クレハ・ハウエルと主人公ジークが手合わせして、ジークがクレハに勝つ。

貴族嫌いのクレハだったが、ジークの実力に感服する。

ロンダルディアの中央にあるダンジョンのギアナの大穴というところからワイバーンが出てきて、

街の女の子が襲われる。

そのワイバーンをジークが討伐して、クレハはジークを好きになって――これが原作のクレハの登場シーンだ。

だが、クレハはすでに俺の騎士になっているわけで……

ロンダルディアでのクレハのシナリオも実はとっくに破壊していた。

だからここではどんな展開になるか……読めない。

俺はオリヴィア、ユリウス、ジークとロンダルディアの中央通りを歩く。

横道に入れば危険なやつらがいるが、この中央通りは衛兵がいて治安が保たれている。少なくとも昼間は。

「ヴァリエ侯爵令息。こないだの学園新聞の記事、読みましたよ」

ジークが気さくな笑顔をこちらに向けて話しかけてきた。

「いやあ、ヴァリエ侯爵令息はすごい。黒狼カルテルをたったひとりで倒すなんて」

「いや、たまたま運が良かったというか……」

「そんなことないです！　全部、ヴァリエ侯爵令息の実力ですよ」

妙に持ち上げてくるな……

「ところで……ヴァリエ侯爵令息のその強さの秘密は、どこから来るのです？　セプテリオン魔法学園に来る前に、何か特別な修業をしたのでは？」

にっこり笑いながら、俺の顔を覗き込むジーク。

まるで腹の中を探るような、含みのある言い方だ。

「特に何も……してないです。普通に家庭教師についていただいただけで」

もともと怠惰な性格のアルフォンス。

放っておけば『クソ雑魚』のままだった。

こんなこと、主人公のジークに言えないが……

「きっとヴァリエ侯爵令息の才能なのですね。才能ある者が努力したから、強い力を手に入れたのですね」

「いや、そんなことは……」

黒狼カルテル襲撃イベントは、原作のシナリオならジークが活躍する。

それを俺が奪ったわけだ。

だが、ジークはあくまでドミナント・タクティクスのキャラクター。

いくら主人公とは言え、ただのゲームのキャラ。

要するに、自分が主人公であることを知らない。

自分が主人公であることを知らない主人公——なんだか矛盾しているような気がするが、俺から見ればジークはそういう存在だ。

「これから一緒に戦う仲間なんです。ヴァリエ侯爵令息は、平民や亜人にもお優しい。もしよかったら、お互いに名前で呼び合いませんか？」

「もちろん。ジーク」

「ありがとう。アルフォンス」

ジークが俺の肩に触れた。

原作の設定では、ジークはいわゆる『いいやつ』だ。

弱い者に優しくて、誰にでも親切。

努力家で常に謙虚な性格。

非の打ち所がない人柄だ。

「ぼくたちはこれで友達ですね。アルフォンス」

「ああ。ジーク」

モブ悪役と主人公が友達になる。

そういう展開も悪くないかもしれない。

レギーネみたいに原作より変なキャラもいたけど、ジークは原作通りの『いいやつ』っぽく見える。

しかし……ガベイジ伯爵との決闘で、俺に放たれたライトニング・アローが気になる。

雷魔法はたしか主人公以外に使い手がいなかったはず……

となると、あの矢を放ったのはジークの可能性がかなり高い。

もしかしたら、ジークも俺と同じ『転生者』なのか？

もしもジークが俺と同じなら、俺が主人公のイベントを奪ったやつに見えているはず。恨まれていてもおかしくない。

少しは警戒しておくべきなのだろう。

◇Ｓｉｄｅ：ジーク◇

——ロンダルディアへ向かう馬車の中。

俺は腹の底からムカついた。

アルフォンスと俺のオリヴィアが、イチャイチャイチャイチャイチャしている。

腸《はらわた》が煮えくりかえるとは、こういう感じなのか。

俺の推しヒロインがオリヴィアということもあって、嫉妬の気持ちも芽生えていた。

普段はアルトリア王国の王女として気丈に振る舞っているが、ジークの前ではデレデレ甘える。

そして何より、エロい。
そう——この世界は『エロゲ』なのだ。
エロゲは、俺の青春だった。
ヌコヌコ動画でエロゲ実況を投稿していた大学時代。
声と絵と文章が一体となって、ヒロインたちのエロスを味わう……
これぞ、至福なり。
オリヴィアのおっぱいは、ジークだけのもの。
なのに、なのに、なのに。
俺の目の前で、ジーク以外の男とイチャイチャしていた。
許さない、許さない、許さない。
しかも、アルフォンスが俺から奪ったのはオリヴィアだけじゃない。
レギーネとリーセリアも、俺から奪いやがった。
レギーネはおっぱいが小さい。
だが、ケツが大きい。
実はレギーネのコンプレックスは、貧乳でケツがデカいこと。
だが、俺は貧乳も好きだ……いや、もちろん巨乳の方がいいけど。

――しかし、レギーネはまだ、アルフォンスと婚約破棄していない。

原作のシナリオでは、アルフォンスは序盤でレギーネに婚約破棄を言い渡されている。

レギーネはアルフォンスの婚約者のままだ。

つまり、レギーネはアルフォンスのものになっている。

リーセリアは、実は一番正統派のヒロインだ。

オリヴィアやレギーネみたいに、実は『変態』『痴女』というわけじゃない。

性格は優しくて母性があって少しお姉さんぶる。

だから、俺の推しヒロインランキングは、一位がオリヴィア、二位がレギーネ、三位がリーセリアだ。

一位、二位、三位まで、すべてのヒロインがアルフォンスに取られている。

この状況を打開して、ヒロインたちを救い出す方法は、たったひとつ。

それは――アルフォンスを殺すことだ。

アイツは、この世界にいちゃいけない。

存在自体が許されない。

このゲーム、この世界の『理』を破壊する危険人物。

殺すしかない。

アイツを殺して、存在自体を消し去るしかない。
正しい世界を取り戻すのだ。
これは……正義。
完璧な原作シナリオを破壊する、アルフォンスは悪。
完全な、純粋な悪。
俺は正義、アルフォンスは悪。
ヒーローには、悪役をやっつける義務がある。
アルフォンスは、本来『悪役』だ。
しかもモブ。
だから主人公たる俺が、負けるわけない。
絶対に勝てる。
俺は主人公、俺はジーク、俺は世界最強……
絶対に殺してやるからな……
俺はオリヴィアとイチャイチャするアルフォンスを見て、心に『殺』を誓うのだった。

第九話　主人公の影が薄い件

冒険者ギルドの栄光の盾は、貴族の援助から独立したギルドだ。

普通の冒険者ギルドは、貴族の援助を受けている。

だが、この栄光の盾は違う。

自分たちの実力のみで、稼ぐギルドだ。

当然、所属している冒険者は実力者のみ。

冒険者にはランクがあって、最低のFランクから最高のSランクまで、強さに応じた格付けがある。

栄光の盾に所属できる冒険者のランクは、最低でもAランク以上だ。

所属冒険者たちのプライドは、すさまじく高い。

生まれや家柄に頼る貴族たちをバカにしている。

すげえデカいギルドハウスだな……

俺は内心、驚く。

栄光の盾のギルドハウスは、ロンバルディアの中心にある迷宮のギアナの大穴の隣にある。

ギルドハウスとは、ギルドの拠点となる館のようなものだ。

言ってみれば、冒険者たちの基地。

で、ギルドハウスはそのギルドの稼ぎによって大きさが違う。

栄光の盾のギルドハウスは、王国一の大きさらしい。

俺とオリヴィア、ユリウス、ジークは、栄光の盾のギルドハウスに足を踏み入れた。

「「「「こんにちは……」」」」

広いホールには、鎧姿の冒険者たちがたくさんいた。

俺たちをじっと見ているが、誰も近付いてこない。

かなり警戒されているな……

平民出身者の冒険者は、貴族に恨みを持つ者が多い。

貴族は、魔法の使えない平民を搾取する存在だと。

「あっ！　セプテリオン魔法学園の皆様ですか？」

奥から女の子が出てきて、俺たちに話しかけてきた。

制服のようなきちんとした格好をしているから、ギルドの受付嬢だろう。

「貴様……王族がギルドに来てやったのに、出迎えもないのか……っ！」

ユリウスが不機嫌な顔をする。

ギルド内の空気が冷ややかになる。

貴族嫌いの冒険者たちが多い中で、王族のユリウスの傲慢な態度はかなりヤバい。

「すみません。遅くなってしまいまして……」

ジークが受付嬢に頭を下げる。

うん。これは原作通りだな……

原作のシナリオでは、平民出身のジークが冒険者たちに頭を下げる。

ジークの謙虚な態度に、冒険者たちは好感を持つわけだ。

「いえいえ。こちらこそ気付かずすみませんでした。奥でギルマスがお待ちしています……」

俺がいるだけで、イベントの進行には影響ないみたいだな。


「なるほど……貴族のヒヨッコ四人を寄越したのか。お前らに何ができるというのだ?」

ギルドマスターのガイウス・レオニオス。

ライオンのたてがみのようなヒゲのある、大柄の男だ。

スキルは重騎士で、二つ名は『鉄壁のガイウス』だ。

頬の傷が、これまでの激しい戦歴をうかがわせる。

声は低く、獣の遠吠えのよう。

どういう設定なのか原作では描かかれてないからわからないが、片手の小指がなくなっている。

とにかく……ガイウスは徹底した実力至上主義者で、能力のない冒険者は容赦なく切り捨てる。

もともとダンジョンに捨てられた孤児から、王国で四人しかいないSSランク冒険者に成り上がった。

今や、アルトリア王国でも気を遣うほどの、王国の陰の実力者だ。

大の貴族嫌いで、学園生の俺たちを大いに見下している。

「貴様……王族に向かってなんて口の利き方だ？」

「貴様に言っているのだ。無能王子よ」

「な……っ！」

プライドの高いユリウスが、ガイウスの挑発に乗ってしまう。

それからユリウスとガイウスが舌戦を繰り広げる。

うん。ここまでは原作のシナリオ通りだな……

一方、ジークを見ると、膝を震わせていた。

ガクガクブルブル。

「………………」

ジークが怯えている？

たしかにゲームの画面で見るより、ガイウスは迫力がある。

だが、ジークはこのゲームの主人公だ。

そんなにビビるのは、おかしくないか……？

「あ、あなたは……」

「……？」

ガイウスが俺の顔をじっと見つめる。

やばい！　何かやらかしてしまったのか……？

「もしかして……アルフォンス・フォン・ヴァリエ侯爵令息ですか？」

「は、はい……そうですけど」

「あなたに……会いたかったたっ!!」

ガイウスが俺に、抱きついた……！

な、なんだ……！　いったい!?

すげえ太い腕だ。

めちゃくちゃ痛いんだが……っ！

ユリウス、オリヴィア、ジークもかなり驚いている。

「あの……俺が何かしましたか？」

「あっ！　失礼しました。ついついお会いできた嬉しさに、男同士で熱い抱擁を交わしてしまいました……」

「そ、そうっすか……ところで、どうして俺のことを知ってるんです？」

ガイウスがアルフォンスのことを知っているはずがない。

原作のシナリオでは、ジークたちがガイウスと遭遇する前にアルフォンスは退場しているからだ。

「クレハから手紙で」

「なるほど……」

クレハは以前、栄光の盾に所属していた。

栄光の盾では、エース冒険者だった。

アルトリア国王の近衛騎士団長のスカウトもあったが、断ってずっと栄光の盾に居続けた逸材。

もちろんギルマスのガイウスのお気に入りで、副ギルドマスターでもあった。

他の冒険者たちにも、クレハはすごく慕われていたらしい。

そんなクレハを俺の騎士にしてしまったんだ。

だから、ガイウスは怒っているかと思っていたが――

「ヴァリエ侯爵令息の実力は、クレハから聞いています。いやあ、あなたほどの実力者に来ていただけるとは……我々は本当に助かります！」

さっきまで険しい表情で俺たち一行を見ていたのに、今のガイウスは人の好いおじさんだ。

イカツイ顔なのに、笑顔はすげえ無邪気でギャップに驚く。

「おい。ちょっと待ってくれ。アルフォンスはクレハと知り合いなのか？」

ジークが血相を変えて、俺とガイウスの間に割って入った。

いったいどうしたんだ……？

「ああ。実はクレハは俺と騎士契約を結んで……」

「そ、そんなバカな……」

「うん？　どういう意味だ？」

「あ……いや、何でもない。何でもない。あはは……」

なんだか様子がおかしいな……

クレハが俺の騎士だと知ってから、明らかに動揺している。

「さすがアルフォンスっ！　栄光の盾のギルマスさんにまで名前を知られていたなんて……すごいですわ！」

オリヴィアが手を叩いて喜んだ。

「……実は、貴様たちがちゃんと戦えるかどうか確かめるために、ウチの冒険者と手合わせを願おうと思っていたが、ヴァリエ侯爵令息がいるなら必要ないな……」

「おいおい。ヴァリエ侯爵令息はたしかに強いが、俺ほど強くはない。俺は王子殿下だぞ？　魔力量ならこの中では一番多くて――」

不満げな表情で言うユリウス。

「貴様……己の実力を知らんのか。貴様らの中では、ヴァリエ侯爵令息が一番強い。長年冒険者をやってきた俺にはわかる。誰が強者で、誰が弱者であるか。ヴァリエ侯爵令息が自分より強いとわからない時点で貴様は要らん。もう帰っていいぞ」

ガイウスは、心底呆れた調子で言った。

「なんだと……！　き、貴様っ！　王子である俺に向かってなんて言い草だっ！　不敬だ！　不敬！　許さんぞ……っ！」

ユリウスは顔を真っ赤にしてキレるが、

「王族の坊ちゃん。冒険者ギルドでは実力がすべてなんだ。弱者は要らない」

ガイウスは涼しい顔で言い放った。

「さあ、ヴァリエ侯爵令息。ウチのギルドで最高ランクの部屋を用意しています。あと、オリヴィア王女殿下にも」

「なぜだ……？　どうして同じ王族の俺に部屋はなくて、オリヴィアには部屋があるんだ？」

「オリヴィア王女殿下は、ヴァリエ侯爵令息の実力を正しく評価している。相手の実力を正しく測る能力は、冒険者にとって最も重要な資質だ。だから俺は、オリヴィア王女殿下のことは真の『王族』として認めている」

「き、き、き、貴様～～っ！　不敬にもほどがあるぞ！　俺がアルトリア王国になったら、確実に貴様をつぶしてやる！」

ユリウスは剣を引き抜いて、ガイウスに切っ先を向ける。

「ははは！　王族という立場に縋らないと何もできないとはなっ！」

ガイウスも、背中の大剣を抜こうとする。

マズイな……この展開……

ユリウスも魔力量は多いが、さすがにSランク冒険者には敵わない。

ていうか、普通にガイウスと戦えば死ぬだろう。

「まあまあ、二人とも剣を収めてくれ。ガイウスさん、ユリウス殿下は魔法の才能があります。だからダンジョン攻略でも必ず役に立ってくれます。だから、ユリウス殿下の部屋も用意してもらえませんか？」

俺はガイウスに頭を下げた。

「……わかりました。ヴァリエ侯爵令息に頭を下げられてしまったら、こちらは願いを聞かないわけにいきません」

　ガイウスは大剣を鞘に納めた。

「ユリウス殿下も、剣を納めてください。俺たちは学園の代表なのですから……」

「ち……っ！　覚えてろよ」

　ユリウスも剣を鞘に納める。

「では、ユリウス殿下の部屋も用意しましょう……」

　よかった。なんとかこの場が収まったな。

「あの……俺の部屋は？」

　小さくなっていたジークが声を出すが、

「なんだお前？　まだいたのか。えーと……名前は……」

「な……っ!?」

　ガイウスは、ジークの存在に気付いていなかったようで。

「すまん、すまん。影が薄くて気付かなった……」

「………」

　黙り込むジーク。

「ジークの部屋も用意してもらえませんか？」

俺がそう言うと、

「はい！　ヴァリエ侯爵令息の頼みとあれば、すぐに用意しますっ！」

ガイウスは二つ返事で外に出ていった。

閑話　クレハからガイウスへの手紙

〇月×日

親愛なるガイウス様へ

ガイウス様、お元気ですか。

栄光の盾を突然やめてしまって本当にごめんなさい。

あたしのせいで、ガイウス様と冒険者たちに迷惑をかけてしまいました。

本当に、本当に、申し訳ないです。

あたしは、栄光の盾に何の不満もありませんでした。

破格の待遇を与えてもらっていました。

報酬は毎月金貨百枚、随時成果報酬もあり。

休暇も自由に取れて、とても働きやすかったです。

それに、ガイウス様はあたしに副ギルドマスターを任せてくれました。

栄光の盾の仲間たちと一緒に働くのは、とても楽しかったです。

あたしが栄光の盾をやめた理由……それは、あたしの一生を捧げるべき人が見つかったからです。

その方のお名前は——アルフォンス・フォン・ヴァリエ侯爵令息です。

あたしはアルフォンス様と、騎士契約を結びました。

もしかしたらガイウス様は、あたしが貴族と騎士契約を結んだことを、とても驚いているかもしれません。

あたしがこれまで、貴族から騎士契約を頼まれても拒否していたことを知っているから。

アルフォンス様は、他の貴族とは違います。

他の貴族のように、平民を見下したり威張ったりしません。

魔法の才能があるだけでなく、剣の才能もあります。

無能で何もできない貴族、生まれや家柄に頼る貴族とは違います。

実力のある、本物の貴族です。

アルフォンス様とあたしの出会いは……

ごめんなさい。自分で言うのはなんだかとっても恥ずかしいですね。

まるであたしとアルフォンス様が恋人同士……いえ、そうじゃありません。アルフォンス様には侯爵令嬢の婚約者がいます。

本当はアルフォンス様と恋人になりたくて……ガイウス様はあたしがこの世界でアルフォンス様

の次に信頼する人です。だから、ガイウス様には打ち明けます。

あたしは、アルフォンス様と恋人になりたいのです――

でも、あたしの本当の気持ちは、誰にも言えません。

あたしはアルフォンス様の騎士。

騎士と主人の関係です。

騎士が主人に恋するなど、絶対にあってはならないことです。

それに、アルフォンス様のことを好きな令嬢はたくさんいます。

アルフォンス様の通っているセプテリオン魔法学園では、令嬢たちが『アル様ファンクラブ』なるものを結成しています。

はあ……貴族の令嬢たちは、なんて軽佻浮薄《けいちょうふはく》なのでしょう！

仮にも、将来の王国の民を導くエリートであるのに……

そんなことを言いながらも、実はあたしも、密かにアル様ファンクラブに入っています。

これは誰にも言わないでくださいね。

あと、アルフォンス様の婚約者が最悪な女で……

アルフォンス様を『クズ』呼ばわりして、まるで自分の使用人かのように扱います。

マジで首をブッタ斬ってやりたいです……っ！

あの女を燃やして、灰の上で踊ってやりたいです。
それから、それから——
あ、ごめんなさい。
ちょっと言いすぎました……
このクソ女の話はまた今度しますね。
山ほど文句がありますから！
ごめんなさい。話が脱線してしまいました。
あたしは、アルフォンス様の剣の師匠でした。
これがあたしとアルフォンス様の、運命の出会いです。
最初は、貴族の無能令息がお遊びで剣を習いに来たと思っていました。
少し太っていて、剣も握ったことがない状態でした。
どうせすぐに音を上げるだろうと思っていました。
だけど、あたしが完全に間違っていました……
剣のセンスが、怖いくらいずば抜けているのです。
毎日毎日、どんどん成長して、すぐに師匠のあたしを追い抜いてしまいました。
あたしは『剣聖』だったはずなのに……

でも、アルフォンス様はすごく謙虚でした。

アルフォンス様は「まだまだ自分より上がいる」と思っています。

才能があって努力もするから、もしかしたら近衛騎士団長になれるかもしれません……

正直に言います。あたしは、アルフォンス様の才能に嫉妬しています。

それも、激しい嫉妬です。燃え盛る炎のように。

だからこそ、あたしはアルフォンス様の才能を、その行く末を、見たいと思いました。

アルフォンス様のご活躍を、一番近くで見ていたい……

あたしは純粋にそう思ったのです。

騎士としての、あたしの誓いです。

一生、アルフォンス様についていくと――

最後に、ガイウス様に言っておくことがあります。

今、王国中のギルドが探し回っている、水の魔術師のことです。

水の魔術師の正体は――アルフォンス様です。

絶対に他言無用です。

もしも正体がバレてしまえば、アルフォンス様は外国の騎士団やギルドに追われることになります。

今度、学園生たちが栄光の盾に派遣されます。
アルフォンス様も来ますから、例のことを話してください。
あたしとガイウス様で、進めていた『計画』のことです。
アルフォンス様なら、きっと栄光の盾の役に立てます。
ガイウス様……今まであたしに良くしてくれてありがとう。
本当に、本当に、感謝しています。
アルフォンス様を、よろしくお願いします。
主人に忠誠を誓う騎士として、書き記す。

クレハ・ハウエル

第十話　ヒロインの企み

◇Ｓｉｄｅ：レギーネ◇

コンコン……っ！

あたしの寮の部屋――

夜中の十二時。静かにドアを叩く音が聞こえた。

「来たわね……」

「はい。オルセン様……」

やってきたのは、あたしが買収したリーセリアのメイド――クリスティアだ。

小動物みたいに、ぶるぶる震えながら部屋に入ってくる。

「で、情報は？」

あたしは小声で、クリスティアに聞く。

あたしの専属メイド――セリアが近くで寝ているからだ。

「はい。明日、リーセリア様はロンダルディアへ立ちます」

「なるほどね……そこでアルフォンス様に夜這いをしかけるわけ？」

「そのおつもりかと……」

「ふふ。よくやったわ。いい子ね。クリスティア」

「ありがとうございます……っ！　それで――」

哀願するような目で、クリスティアは『何か』を訴えてくる。

もちろんあたしは、クリスティアが何を求めているのかわかっている。

だけど――

「そ、れ、で？　何？　わかんないんだけど？」

あたしはわざと、とぼけてみせる。

「……その、今回の仕事分の報酬の件です！」

「あっ！　報酬のことね。すっかり忘れていたわ」

わざとらしいあたしの態度に、クリスティアは唇を噛む。

あらあら。イラついているのかしら？

「オルセン様、約束です。金貨をください」

「そうねえ……約束したからね～～」

あたしは金貨がたっぷり入った革袋を取り出す。

「では……」

「でも、まだ全部はあげられないわ」

クリスティアが革袋に手を伸ばしたところで、あたしはそれを引っ込める。

それから、袋の中から数枚の金貨を取り出して置いた。

「……っ！　どうしてですか？」

「まだあたしのために働いてほしいの」

「そんな……！　約束通り情報を渡したのに……」

クリスティアは絶望した表情を見せる。

「あたしの計画は、これからなの。クリスティア、アンタには最後の最後まで協力してもらうわ。もうすでに、共犯者だもの」

「ち、違います！」

「何言ってんのよ……ここまできたらアンタは立派な共犯者。もう逃げられない」

黙り込んでしまうクリスティア。

「…………もし報酬を渡さないなら、リーセリアお嬢様に全部、暴露します」

「ふっふっふ、いいのかしら？　さっき、もうあたしに情報を渡したのよ？　アンタはすでにご主人様を裏切ったの」

「ぐ……っ！」

「クリスティア、アンタはあたしに従っていればいいの。あたしに最後まで協力したら、ちゃんと報酬は渡すから。大丈夫よ。安心しなさい」

「本当ですか？　信じていいんですか？」

「ええ……信じていいわよ。決してアンタを悪いようにしないわ」

あたしはクリスティアの頭を撫でた。

クリスティアは、根は真面目な性格。

辺境のド田舎から、ベンツ伯爵家のメイドになった村娘だ。

だが、圧力に弱い存在だから、主人を裏切るプレッシャーに負けて、いずれすべてをリーセリアにバラしてしまうかもしれない。

「……大丈夫よ。アンタならちゃんとやれるわ。それにこれは、リーセリアを助けることになるの。クズフォンスよりユリウス殿下の方がリーセリアの婚約者にふさわしいんだから」

「はい……」

「愛するご主人様のためになるの。だから自分に自信を持ちなさない」

あたしは、ぎゅっとリーセリアを優しく抱きしめた。

「あたしはアンタを見捨てないわ。だから、あたしを裏切らないで。もしも裏切ったら――」

それから、クリスティアを突き放す。

「……生まれてきたことを後悔させてやるわ。覚悟しておきなさい」

顔をぐっと近付けて、あたしはクリスティアに凄んで見せた。

飴と鞭だ。

「ひ……っ！」

「絶対、裏切るんじゃないわよ？」

「…………」

クリスティアが怯える。

「返事は？」

「……はい。オルセン様」

「あたしの目を見て、『絶対にオルセン様を裏切りません。わたしはオルセン様の犬です』と言いなさい」

「い、犬……？」

「そう。クリスティア、アンタは犬よ。あたしの飼い犬。あたしはアンタの飼い主様よ」

「…………」

犬扱いは、さすがに抵抗あるのかしら……？

だが、あたしが生まれたオルセン侯爵家は、もともと王都のギルドマスターの家系だ。

アルトリア王国の発展のために、貢献したギルド『銀翼の鷹』のギルドマスターの子孫。

だからあたしには、生まれつき人を支配する資格がある。

「受け入れなさい。犬の運命を。そうしたらアンタは幸せになれる」

クリスティアの怯える目を、あたしはじっと見つめた。

「ほら……言いなさい。『わたしはオルセン様の犬です』と……」

「……わたしはオルセン様の犬です」

「ふふふ。よくできました」

あたしはクリスティアをまた抱きしめた。

「わたしはオルセン様の犬です……」

「うん。あたしの犬よ。可愛がってあげるから……」

あたしはまるでペットのように、クリスティアの頭をわしゃわしゃ撫でたのだった。

「ふう……犬の調教は疲れるわね」

クリスティアが帰った後、あたしは紅茶をすする。

「さて……あとはリーセリアの不貞の証拠を掴まないとね」

あたしの婚約者――クズフォンスを横取りしようだなんて許せない。

たしかに、あたしにとってクズフォンスなんてどうでもいい。

水の魔術師様と出会うまでの踏み台だ。所詮繋ぎにすぎない。

はっきり言ってしまえば、ただリーセリアに取られるのが嫌なだけ。

だが、今はそれより面倒な問題が目の前にあった。

「はあ……これにどう返事しようかしら……」

あたしは一通の手紙を手に取った。

この手紙は――いわゆるラブレターだ。

「誰よ……ジーク・マインドって……？」

腕を組んで考え込むあたし。

「………あっ！　魔力測定の時に、一番魔力の多かった平民？」

たしか同じＡクラスにいたっけ……？

全然顔が思い出せない。

どうして平民風情があたしにラブレターを……？

一度もあたしと話したこともないのに……？

マジでキモイんだけど……っ！

手紙は丁寧な封蝋《ふうろう》がされている。

「……少し見てみようかしら？」

気持ち悪いからそのまま捨てようと思ったけど、あたしは怖いもの見たさで、手紙を読んでみることにした。

親愛なるレギーネ・フォン・オルセン侯爵令嬢へ
キミは俺のヒロインだ。
俺はキミのケツが好きだ。
キミは胸が小さいことを気にしているみたいだけど、俺はそんなこと気にしない。
女の価値は胸の大きさで決まらない。
俺はキミの、ありのままを愛している。
キミはケツがデカいことが嫌みたいだけど、キミのケツはキミの武器だ。
キミのケツを、俺は愛している。
キミは俺を必ず好きになる。
キミは俺を愛する運命にある。

なぜか？
気になるだろう？
気になるよな？
仕方ないな〜〜
それは俺が『主人公』だからだ。
俺はこの世界の中心。
俺はこの世界の神だ。
アルフォンスとは違う。
あんなモブとは違う。
アイツはすでに死んでいるはずだったんだ。
本来、生きていちゃいけない存在。
だからキミは、アルフォンスと一緒にいてはダメだ。
アルフォンスと婚約破棄して、俺と一緒になろう。
主人公の俺なら、キミを一生幸せにできる。
信じてほしい。
俺はアルフォンスより強い。

必ずアイツを殺して、俺はキミを取り戻す。

キミは俺だけのヒロインだ。

俺はこの世界のすべてを知っている。

だから俺からは絶対に逃げられないよ。

いつもキミを見ているから。

キミを必ず迎えに行くよ。

俺の愛を受け入れたら、キミの返事が欲しい。

もちろんＹＥＳ以外の答えはダメだからね。

この世界の主人公が神の手で書き記す。

ジーク・マインド

「う……うぷっ……っ！」

あたしは激しい吐き気に襲われる。

あまりにキモすぎて死にそう。

「なんでこの平民は……あたしのことを知ってるのよ？」

自分が主人公って言ってるけど……どういうことなの？

わけがわかんないわ……

自分がクズフォンスより強いって言ってるけど……

「クズフォンスより強いわけないじゃない……」

あのガベイジ伯爵を倒したクズフォンス相手にそんなこと言うなんて、まったく身の程知らずな平民ね。

仮にもクズフォンスは踏み台とは言え、あたしの婚約者なのよ……っ！

平民ごときより下なわけない。

ムカつくやつだわ……

「返事なんてしない。できない。キモすぎて怖い」

自分が主人公なんて発言、完全に頭がイっているとしか思えない。

だが、あたしが手紙を破ろうとした瞬間――

「や、破れない……どうして？」

なんでなのよ……？

さらに右手に刻印が浮かんだ。

「な……何よ。これ……？」

【誓約魔法が発動しました。手紙の返事を書くまで刻印は消えません】

「じょ、条件魔法が仕掛けてあった……」

条件魔法――ある特定の行為を条件に発動する魔法。

この場合、手紙を読むという行為によって、誓約魔法が発動したみたいだ。

「い、嫌がらせのつもり……？」

六芒星《ろくぼうせい》の刻印が、右手の甲で緑色に光る。

この気持ち悪い手紙に返事を書くまで、刻印は消えなくなってしまった。

「ど、どうしよう……？　いやよ。こんな手紙に返事を書くの……」

あたしが焦っていると、近くで寝ていたセリアが起きてきた。

「レギーネお嬢様……何かあったのですか？」

「べ、別に……何もないわよ」

とっさに、あたしは右手と手紙を隠した。

「そうですか……それでは私からレギーネお嬢様にお話があります」

キッと、セリアがあたしを睨みつける。

「何よ……セリア。そんな怖い顔しちゃって……」

「レギーネお嬢様が、しようとしていることです」

「へえ……？　何のことかしら……？」

あたしはすっとぼけた。

「リーセリア様を陥れる計画、よくないです。レギーネお嬢様にお仕えするメイドとして申し上げます。おやめください」

セリアはあたしが子どもの頃から一緒にいるメイドだ。

そして、あたしより三歳年上のお姉さん的存在でもある。

あたしのことは何でもすぐに見抜くわけだ。

「やめるつもりはないわ。だってリーセリアは、あたしの婚約者を奪おうとしているわけよ？　許せないわ」

「そのお気持ちはわかりますが、手段は選ぶべきです。そんな裏切りのような形でなくても、別の方法があるはず。このままでは、オルセン侯爵家の名を汚すことになりますよ」

「いやよ」

「だとしたら、あの場で応援すると言わなくてもよかったはずでは……」

「はあ……うるさいわね。そんなの、リーセリアを油断させるために決まってるじゃない。あたしを味方だと思わせていた方が、嵌めやすいでしょう」

あたしの言葉を聞いて、セリアは絶句していた。

「そ、そんな……」

「もうウザいわね！　メイドのくせに何様よ！　ちょっとあたしと長くいるからって、でしゃばるんじゃないわよ！　メイドのアンタは、黙って従っていればいいのよ……っ！」

いつもお姉さんぶって、保護者ぶって、あたしに小言を言ってくるが、今日は特にそれがうっとうしく感じた。

メイドのくせに、何様のつもりよ……っ！

「わたしは……レギーネお嬢様のことを思って――」

「セリア、アンタはクビよ」

「え……？」

「もうクビよ。アンタなんか要らない！　さっさと出ていきなさい……っ！」

あたしの言うことを聞かないメイドはもう要らないわ。

「……わかりました。出ていきます」

「ふんっ！　バカメイド！　早く消えなさい……っ！」

◇Ｓｉｄｅ：ジーク◇

栄光の盾との話が終わり、俺はギルドの外の物置小屋にいた。

アルフォンス、オリヴィア、ユリウスの三人は、それぞれギルドが用意した部屋へ通されたというのに！

「クソ……なんで俺がこんなところで寝ないといけないんだ……っ！」

『影が薄い』という理由で、俺にあてがわれたのは物置小屋だ。

部屋が足りないからここで我慢してくれと言われてしまった。

剣やら盾やらが所狭しと置いてあり、めちゃくちゃ古い小屋なのかすげえカビ臭い。

かろうじてベッドはあったのだが……

「なんで俺の部屋がないんだよ……っ！　ふざけんじゃねえ……っ！」

こんなのおかしい。

おかしい。

おかしい。

おかしい。

普通、物置小屋で寝るのはあのモブ野郎——アルフォンスだろ！

俺は主人公だぞ。

原作のシナリオでは、主人公ジークはギルドの一番いい部屋に通される。

さらに、ヒロインの好感度によって、最初のエッチシーンがあるのもここだ。

ジークの部屋を訪ねて、初めてのダンジョン攻略で不安がっているオリヴィアをジークが優しく慰める。

王女殿下としての立場と、ジークへの愛の間で、オリヴィアは激しく葛藤《かっとう》する。

葛藤しつつも、オリヴィアはジークにキスをして、そのままベッドへ……

このイベントのことはよく覚えている。

神絵師の描いた、最高のシーンだからな。

声優さんの演技も神がかっていた。

しかし……この世界でのオリヴィアはもうダメかもしれない。

すでにアルフォンスの毒牙にかかっている。

「もしかして洗脳魔法でも使ったのか……？」

洗脳魔法――ドミニオン・コントロール。

ラスボスのゾロアークが使う、対象者を洗脳して操ることができる魔法だ。

原作シナリオの終盤、ゾロアークは洗脳魔法でヒロインたちを操る。

ジークとヒロインたちを戦わせるのだ。

ヒロインたちをしっかり育成してきたプレイヤーほど、苦戦を強いられる。

「公式が鬼畜、なんだよな……」

ヒロインたちの好感度が高くないと、洗脳は解けない。

ジークとヒロインたちの絆の強さが試される……心憎い演出だ。

「アルフォンスは……洗脳魔法を使っているのかもしれない……」

アイツはシナリオ序盤では絶対に使えないはずの上級回復魔法——ハイヒールを使った。

だから他の上級魔法を使えてもおかしくない。

洗脳魔法は魔王ゾロアーク専用だが……

何らかの手段で習得しているのかもしれない。

「あんなモブを好きになるのは……洗脳魔法以外あり得ない！」

それで俺のヒロインたちを誑《たぶら》かしているのだ。

洗脳魔法さえなければ、ヒロインたちは主人公のジークのもとに来ているはず。

絶対に、そうだ。間違いない。

「俺が……洗脳されたヒロインたちを助けるんだ……」

それが主人公ジークの役目だ。

まだアルフォンスに洗脳されていないのは、レギーネか。

俺が二番目に推しているキャラだ。

おそらくレギーネはアルフォンスに汚されていない。

それに、彼女には俺の想いを伝えている。

「レギーネが俺の愛を理解してくれれば……」

俺はレギーネに、ラブレターを出した。

レギーネの部屋のドアの隙間に、ラブレターを差し込んだのだ。

今頃、読んでくれているかな……

レギーネと俺は、前世から特別な『縁』で結ばれていた――

この世界に転生する前から俺はこのゲーム――ドミナント・タクティクスを愛していた。

ヒロインキャラで一番好きなのは、オリヴィアだ。

神絵師の描く大きなおっぱいは、二次元にもかかわらず柔らかく感じられた。

だが、声が一番好きだったキャラは、レギーネだった。

レギーネの声優さん――森原めぐみ。

ドミナント・タクティクスのOPとEDを歌っていたのも、彼女だ。

俺は毎回ライブに通い、CDも五十枚買った。

SNSでは、彼女のアカウントに毎日毎日DMを送り続けた。

だけど……

森原めぐみさんは、俺を無視した。

俺がリプライを送っても返信をくれなかったし、フォローが返ってくることもなかった。

ライブに行って最前列で手を振っても、目を合わせてくれなかった……

どうして？

どうして？

どうして？

どうして、俺の愛がわからない？

俺は一日中、森原めぐみさんのことを考えているのに……

だから俺は……わからせてやることにした。

森原めぐみさんの家を突き止めて、彼女が帰ってきた時に——

汚水を顔にぶっかけてやった。

彼女はぎゃあぎゃあ叫んで、顔を覆っていた。

「でも、全部、森原さんが悪いんだよ……」

俺はそれだけ言い残して、その場を去った。

俺の愛を受け入れなかったのが悪い。

だが、世間は俺を非難した。

身勝手な男の犯行だと……

思い出しただけで腹が立つが、前世の胸糞悪い記憶はどうでもいい。
俺は新しい世界を、そして、新しい主人公としての人生を手に入れた。
やっと俺は、本来の自分として生きられる……
そう思っていた。
人生が報われた気がした。
だが――
「アルフォンス……あのモブのせいで……」
レギーネすらも、アイツに取られてしまう。
きっとラブレターを読んで、レギーネは俺の愛に感激していることだろう。
だが、もしも、前世みたいに俺を拒否したら……
「また、汚水をかけてわからせないといけない」
いや、汚水は必要ない。
この世界の俺は、魔法が使える。
雷魔法で、レギーネの顔を……
「俺だって、そんなことしたくないよ」
そうだ。俺はやりたくない。

だが、主人公の俺を愛さないヒロインは――

「徹底的に、わからせてやる……っ！」

だけど、まずは邪魔なアルフォンスを殺すことから始めないと……

「はあっ！　はあっ！　はあっ！」

外から声が聞こえる。

この声は……

クレハ・ハウエルだ。

主人公ジークの騎士となるはずだったキャラ。

二つ名を氷の姫騎士。

原作のシナリオでは、栄光の盾に所属する冒険者のエースとして、主人公たちの前に立ちはだかる。

かなりレベルを上げて挑まないと、すぐに全滅させられる。

だが倒せば、ジークの力を認めて仲間になってくれる。

かなり強力な戦力だ。

古代バルト神殿跡ダンジョンを攻略するために、絶対に必要なキャラだ。

なのに……

「アルフォンスが取りやがった……っ！」

許せない。

許せない。

許せない。

「取り戻してやる……っ！」

俺は外に出た。


深夜。

月明りに照らされた、ギルドの鍛錬場。

「はあっ！　はあっ！　はあっ！」

鎧を着たクレハが、剣を振っていた。

クレハの鎧からは汗が滴《したた》っている。

「いい匂いがしそうだな……」

俺は後ろから、ゆっくりと近付いた。

「だ、誰だ……っ！」

クレハはすぐに気付いて、俺に剣を向ける。

「おっと。俺です。俺ですよ」

「……誰だ？　貴様。このギルドに何の用だ？　不法侵入だぞ……っ！」

お、俺のことを知らない……？

昼間、ガイウスに挨拶した時に俺も一緒にいたはずなのに……っ！

「貴様！　早く出ていけ……っ！」

クレハは、俺の喉元に剣を突き付ける。

「ク、クレハさん……落ち着いてください。ジーク・マインドです。アルフォンスと同じ学園生です」

アルフォンスという名前を聞いて、クレハが剣を下ろした。

「…………あっ！　思い出しました。アルフォンスの後ろにいた、シークさん？　でしたか……？」

「シーク、ではなく、ジークです」

クソ……っ！　名前さえちゃんと覚えていてくれないのかよ！

「あ……っ！　ジーク・マインドさんですね。アルフォンス様の従者の」

「従者ではありません。アルフォンスとは友達です」

「そ、そうでしたか……ははは。失礼しました」

クレハが苦笑いしながら頭を下げた。

クソ……っ！　バカにしやがって！

「ところで、クレハさんはこんな夜更けに、何をしているのです？」

「剣の鍛錬です。明日、ダンジョンに潜ることになっていますから」

「すごいですね……さすが剣聖です。でも、自分のお身体も大切にされないと」

クレハの身体を気遣えば、俺になびくかも……

しかし、彼女の反応は俺の思惑とは正反対のものだった。

「いいえ。騎士は常に、主人を守るために鍛えないといけません。昼も夜も、アルフォンス様のために心身を鍛えなければ」

アルフォンスのどこがそんなにいいんだよ……っ！

クレハのアルフォンスへの献身ぶりに、俺はイラつく。

「ははは……クレハさんは本当にアルフォンスを慕っているのですね」

「はい！　アルフォンス様は最高の男性ですっ！　魔法も剣も才能があります。そのくせ、傲慢にならずに謙虚ですし、あたしのような平民にも優しいです。アルフォンス様にお仕えすることこそ、あたしの幸せです……っ！」

目をキラキラさせながら、アルフォンスを称えるクレハ。

なんでそんなにアルフォンスを持ち上げるんだよ……っ！

いつもあいつばかりいい思いしやがって。

俺は内心、舌打ちした。

「クレハさんは、アルフォンスと一緒にいて幸せですか？　別の主人と騎士契約を結びたいとか思ったことはないのですか？」

「……え？」

クレハが目を丸くする。

まるで信じられないといった感じの顔をしている。

「すみません。何かマズイことを聞いてしまったみたいで――」

「いいえ。アルフォンス様以外の主人にお仕えすることを考えたことなかったですし、今、アルフォンス様と一緒にいることが、最高に最高に幸せなので。アルフォンス様以外のことは考えていなかったですし……」

頭の中は、アルフォンスでいっぱいなのかよ……。

さっきから、「アルフォンス様」「アルフォンス様」「アルフォンス様」とあいつの名前ばかり言いやがって……。

「でも……何か不満はあるでしょう？　少しぐらいは？」

アルフォンスへの不満を引き出すぞ……。

俺がそう言うと、クレハがきょとんとした顔をした。

「……ごめんなさい。アルフォンス様への不満は何ひとつありません。アルフォンス様と出会ってから、あたしは毎日がキラキラしています。アルフォンス様はあたしに生きる希望をくれました。だから不満を抱いたことさえありません」

クレハはきっぱりと俺に言った。

クソ……っ！　不満が何もないなんで絶対に嘘だ……

「あ……っ！　でもひとつだけあります！」

「何ですか……？」

やった！　アルフォンスへの不満を聞き出せるぞ！

「アルフォンス様の周りに、女性が多すぎることです。それも、とてもキレイな女性ばかり。あたしの不満は、アルフォンス様がモテすぎることです。アルフォンス様は素敵すぎて、キレイな女性たちを魅了してしまうのです。だからあたしは……一緒にいて嫉妬してしまうのです。アルフォンス様が王女殿下やリーセリア様と仲良くしているのを見ると、もうイライラしてしまって……あたし、騎士失格ですよね？」

「………」

「？　シークさん、どうかしましたか？」

どんだけアルフォンスのことを持ち上げたら気が済むんだよ……

クソクソクソっ！

ていうか、また名前も間違えられているし……

「………………いや、本当にクレハさんはアルフォンスが好きなんですね」

「はい。あたし、アルフォンス様が大好きです。本当は騎士が主人に恋愛感情を抱くなんて言語道断なのですけど、アルフォンス様があまりにも素敵すぎて……どうしても『好き』という気持ちがあふれてしまうんです」

クレハはモジモジしながら、顔を真っ赤にしている。

「アルフォンス様を想うと、夜も眠れないくらいドキドキしてしまうんです。もうひとりでアルフォンス様を想ってあたし……あっ！　ごめんなさい！　男性の前ではしたないことを言ってしまって……」

「いえ、別に……」

クレハも完全に、アルフォンス様に落とされていたか……

すでにクレハの心の中に、俺が入る余地はなかったわけだ。

「シークさん、ありがとうございます。あたし、誰かに話したかったのです。あたしのアルフォンス様への愛を、誰かに告白したかった。感謝します」

クレハは俺に頭を下げる。

「ははは……別にいいですよ……」

アルフォンス……絶対に殺してやる！

第十一話　お兄さまは王たる資質をまったく備えていません

コンコン……っ
早朝――

俺の部屋のドアを叩く音がする。

「いったい誰だろう……？」

ドアを開けると、目の前にはガイウスが立っていた。

「おはよう……こんな早朝にすまない」

「おはようございます。どうしましたか？」

「アルフォンス君に、話がある」

ガイウスさんとは昨日、酒を一緒に飲んだ。

そこで、お互いを名前で呼び合うことになった。

ヴァリエ様じゃあ、堅苦しすぎる。

俺はギルマスの部屋へ通された。

「おはようございます。アルフォンス」

「アルフォンス様、おはようございます」

ギルマスの部屋には、すでにオリヴィアとクレハがいた。

オリヴィアのイベントか……

原作のシナリオでは、ここでオリヴィアが『計画』の話をする。

シナリオ上、かなり重要なイベントだ。

これは、オリヴィアルートでしか起きないイベント。

まあそれは別に問題ないが……

ジークがいないのはシナリオ通りじゃないいな。

それに……ゲームで見たどのヒロインのルートとも違って、色々なヒロインのイベントが混ざっているのが気になる。

この前はリーセリア専用のイベント、今回はオリヴィア専用のイベントだ。

シナリオが壊れているのか……？

ガイウスとオリヴィア、それからクレハが、俺を真剣な眼差しで見つめている。

「アルフォンス、これから大事な話をします。ここでの会話は、絶対に秘密です」

オリヴィアが話し始めた。

「わかった」

「ありがとう。話というのは……王位争いのことです」

実は今回のダンジョン攻略は、王位争いと大きく関わっている。

「ふふふ。アルフォンス。そんなに怖い顔しないでください。ここにいる者たちは、みんなあたしたちの味方です」

「ごめん。ついつい……」

オリヴィアのシナリオでは、主人公のジークは王位争いに関わることになる。

もちろん、ジークはオリヴィアの派閥だ。

「勘のいいアルフォンスなら、もう気付いているかもしれませんが……実は今回のダンジョン攻略は、王位争いと大きく関わっているのです」

すまん……俺はすでに知っている。

だが、知らないフリをして、俺はオリヴィアの話を聞いた。

「今日、攻略するダンジョンに眠る神剣デュランダルは、魔王ゾロアークを倒すために絶対必要な武器です。神剣デュランダルを手に入れないとアルトリア王国は破滅します」

「そうなのか……」

オリヴィアには悪いけど、知らないフリをしながら話を聞く。

「そして、あたしのお父様、つまりアルトリア国王は、魔王ゾロアークを倒した者に王位を継がせることに決めました。だからあたしは王位を継いで、貴族も平民も、人間も亜人も平等に暮らせる国を創ろうと思っています。そのために、あたしはなんとしても魔王ゾロアークを倒す必要があります」

「なるほど……」

オリヴィアは部屋を歩きながら、窓の外を見た。

誰かに聞かれてないか気にしているのか？

そして再び、俺に視線を向けた。

「ですが実は……この神剣デュランダルをお姉さまが狙っているみたいなのです」

オリヴィアの姉――シャルロッテ第一王女だ。

今まで王位争いに興味がなかったはずなのに、このタイミングで急に王位争いに名乗りを上げる。

それは宰相のバッキンガム公爵が裏で糸を引いて、シャルロッテ王女を唆しているからだ。

この男こそがゲーム内の黒幕になる。

「で、シャルロッテ王女殿下も、ダンジョンにやってくると？」

「ええ。そうなのです。だからなんとしてもお姉さまより先に神剣デュランダルを手に入れないといけないのです」

「それなら、早くダンジョンに潜って――」

俺がそう言いかけたところで、ガイウスさんが口を挟む。

「大きな問題が、ひとつある」

その言葉で、俺はゲーム内で対峙する、ある人物のことを思い出した。

そうだ……問題はやつだ……

「シャルロッテ王女殿下は……ファウスト将軍を連れてくるとの情報が入った」

ダスト・フォン・ファウスト子爵。アルトリア王国軍の将軍。

ファウスト将軍は、アルトリア王国で『英雄』と呼ばれる人物だ。

若い頃、隣国のエステア公国との戦闘に勝利したらしい。

一流の冒険者でもあって、王国に四人しかいないSSランク。

そして、オリヴィアのシナリオでの難関イベントのひとつが、このファウスト将軍との戦闘だ。

「俺は昔……ファウスト将軍とパーティーを組んでいた」

原作の設定では、ガイウスは昔、『太陽の矢』というパーティーを組んでいた。

冒険者ランクSSの四人とは、太陽の矢のパーティーメンバーのことだ。

ファウストは魔術師で、炎属性魔法の使い手。

こいつと戦うのが大変なんだよな……

原作のシナリオでは、ジークたちがダンジョンの最深部に到達し、神剣デュランダルを手に入れる直前、ファウスト将軍が登場する。

そこで戦闘になるのだが……実はここでは主人公たちは勝てない。

いわゆる『負けイベント』になっている。

ファウスト将軍の異常に高いステータスに、ジークたちは圧倒されるのだ。

そして一旦、神剣デュランダルはシャルロッテのところへ行く。

だが、その後に、ジークたちが黒幕のバッキンガム公爵が実は隣国のエステア公国と通じていたことを突き止めて、シャルロッテを味方にする。

その際にファウスト将軍との戦闘イベントが再び発生して、ジークたちが勝つ——そういうシナリオだ。

ちなみに、俺はオリヴィアのシナリオは一度しかクリアしていない。

理由は、ファウスト将軍と戦うのが面倒くさいからだ……

「ファウスト将軍はたしかに強い。この王国の英雄だからな。だが——」

ガイウスさんは、俺の肩に手を置く。

「アルフォンス君がいれば……あるいは勝てるかもしれない」

「ガイウスさんっ！　いくらアルフォンスでもファウスト将軍相手では……」

「いや、アルフォンス君ならやれる。なんたって水の――」

ガイウスさんがそこまで言いかけたところで、クレハがガイウスの口を塞いだ。

「むぐぐぐ……っ！」

「……！　クレハさん、いったいどうして？」

オリヴィアが困惑した表情で俺達を見る。

「あははは……オリヴィア殿下、何でもないのです。なんとなく、ガイウスさんの口を触りたくて……ははは……」

「……？　そ、そうですか……」

おいおい。不自然すぎるだろ……

だが、ここで水の魔術師だとオリヴィアにバレたらヤバかった。

オリヴィアは王族で、彼女には貴族や平民を自由に要職につける権利がある。

もしもここで俺が水の魔術師だとオリヴィアに気付かれたら、俺を騎士団とか魔術師団とかに放り込むに違いない……

俺はモブ貴族として、ダラダラと平和に領地で生きていきたい。

自分の実力は、ヴァリエ侯爵領を良くするために使うくらいでいい。

たとえば領民が災害に遭った時とか。マジでヤバい時のために。

一瞬首を傾げていたオリヴィアだったが、場が静まると力強く言った。

「……とにかく、わたしたちはお姉さまより先に、神剣デュランダルを手に入れなければいけません」

◇◇◇

「ここがバルト神殿か……」

「大きいですね……アルフォンス」

ロンダルディアの郊外にある難易度A級ダンジョン――古代バルト神殿跡。

その前に、俺とオリヴィア、ユリウス、ジーク、ガイウス、クレハは立っていた。

古代に栄えた宗教と言われる「バルト教」の神殿だ。

今のこの世界では、「バルト教」は邪教の扱いを受けているが……

「今までモンスターなんて出なかったと聞きますが……」

オリヴィアは、古い石柱に手を触れる。

「迷宮化現象だ」

俺はオリヴィアの隣で答える。

「迷宮化現象……？」

迷宮化現象は、今まで迷宮でなかった場所が、迷宮になってしまうことだ。

最近、世界中で起きている一種の災害だ。

人々はその原因を知らない。

実は……魔王ゾロアークと魔王と手を組んだ隣国のエステア公国が仕組んでいたものだと、ゲーム内では判明するのだが、それに気付いているのは転生者の俺だけかもしれない。

いや……

俺はとっさに、ジークを見る。

「………」

やけに大人しいな……

ジークは黙り込んでいた。

もしジークが転生者なら、あいつも迷宮化現象の真相を知っているはずだ。

さらに、このダンジョンでこの後起きるイベントも知っていることになる。

いや、まさかジークが知っているわけないか……

◇Side：ジーク◇

「ここでアルフォンスを殺さないといけない……」

最大の難関は、ファウスト将軍との戦闘。

『負けイベント』だから最初は撤退することになるだろう。

原作のシナリオだと、敗北以外のルートはない。

そこでファウスト将軍との戦闘のどさくさに紛れて、アルフォンスを殺す。

魔封じの石。

こいつが俺の切り札だ。

セプテリオン魔法学園の中にあるダンジョンで採った、対象者の魔法を封じることができるアイテムだ。

本来ならゲームクリア後にしか行けない、いわゆる『隠しダンジョン』と呼ばれる場所だが、ゲームのシステムを知っている俺は簡単に入れた。

あとはこいつを使ってアルフォンスの魔法を封じて、ファウスト将軍に殺させる。

あいつは、ここで死ぬんだ。

アルフォンスは長く生きすぎた。

「もうとっくの昔に退場しているはずなのに……」

それどころか、今朝、ガイウスたちからアルフォンスが『計画』のことを聞かされていることも知った。

「ふざけるな……あれはジークのイベントのはずなのに……っ！」

本来ならジークがオリヴィアから『計画』の話を聞かされるはずなのに。

また俺のイベントを奪いやがった。

許せない。

許せない。

許せない。

「マジでムカつく……」

アルフォンスが憎い……っ！

こんなにひとりの人間を憎んだことはない。

抑えられない怒りが、俺の全身を駆け巡る。

「俺が上手くいかないのは……全部、全部、全部、アルフォンスのせいだ」

これは間違いない真実。

俺は迷わない。

アイツを殺すことこそ正義。

奪われたものを、取り戻す。

「地獄に堕ちろ……アルフォンス」

絶対に殺してやる……っ！

◇　◇　◇

「ヴァリエ侯爵令息……貴殿には後衛を頼みたい」

ダンジョンの入口で、俺たちはパーティー編成について話し合っていた。

ユリウスが、俺に後衛を勧める。

「俺が後衛か……いいですよ」

「そうだ。そうだ。ヴァリエ侯爵令息は後衛。次期、国王たる俺は前衛だ。皆の先頭に立って指揮するのだからな。ははは……っ！」

相変わらずの自信過剰……まあ、そういうキャラ設定だからなあ。

とはいえ、ユリウスも魔力量は多い。

ただ自分に自信があるだけ、というわけじゃない。

このダンジョンは罠も少ないから大丈夫か。

しかしそこに、オリヴィアが意見する。

「ユリウス兄さま、お言葉ですが、アルフォンスに前衛を任せる方が最適かと思われます」

「な、何……っ！　俺の決定に逆らうつもりか⁉」

ユリウスの顔がピクつく。

「わたしたち学園生の中で、ダンジョン攻略の経験があるのはアルフォンスだけです。だからアルフォンスを前衛にした方がいいかと」

オリヴィアは言った。

「そ、それは……」

俺は学園入学前に、ヴァリエ侯爵領のダンジョンに潜っていた。

万が一、原作のシナリオ通りに追放されることになった時に備えて、冒険者として生きていく準備を進めていたのだ。

しかし、どうしてオリヴィアは俺のダンジョン攻略のことを知っているのだろう……？

学園入学時の面接で、たしか教師にダンジョンを攻略したことがあると俺は話した。もしかしたらオリヴィアは、教師からそのことを聞いたのかもしれない。

ユリウスは俺に怪しむような視線を向けてきた。

「ヴァリエ侯爵令息……貴様、侯爵令息のくせに冒険者の真似事をしていたのか？」

軽蔑した口調で俺に言うユリウス。

「ええ。まあ……」

普通の貴族はあまりダンジョン攻略をしない。だが、俺がダンジョン攻略をしていた理由は、万が一、貴族社会から追放されても生きていけるようにするためだった。

アルフォンスは原作のシナリオだと悲惨な運命を辿ることになっていたから、いつどこで追放されるかわからない。

だから本当の理由は、ユリウスには言えないが……

しかし、その時――

ゴゴゴゴゴゴ。

「…………！」

オリヴィアから禍々しい黒いオーラが上っていた。

「ユリウスお兄さま……今、アルフォンスをバカにしましたね？」

「……いや、バカにしたわけでは……王族として、ヴァリエ侯爵令息の貴族らしからぬ振る舞いをたしなめただけで」

さすがのユリウスも、オリヴィアの怒りにビビっているようだ。

「貴族らしからぬ振る舞い……そう言うなら、お兄さまの方が貴族らしく、いえ、王族らしくありません。己の感情を抑え、状況を的確に判断し、戦いに勝利する——そういう王たる資質を、お兄さまはまったく備えておりません」

「な、なんだと……っ！　いくら妹でも言いすぎ——」

オリヴィアがユリウスの反論を遮った。

「いいえ。この際、はっきり言わせていただきます。このダンジョン攻略は、絶対に成功させないといけませんから。皆にとって最善の選択をする必要があります」

「最善の選択……？」

「はい。わたしたち学園生の中で、ダンジョン攻略の経験があるのは、アルフォンスだけです。ダンジョンでは実力がすべて。であれば、一番実力を持っているアルフォンスが前衛になることこそ、最善の選択です！」

「ぐぬぬ……っ！」

ユリウスは怒りで身体を震わせる。

「俺もアルフォンス君を前衛にするのが最善だと思うぞ。長年、冒険者をやってきた経験から言ってな」

ガイウスさんも、オリヴィアの意見に賛成する。

「ぐ……っ！　わかったっ！　もうそなたたちの好きにしろ！　どうなっても知らんからなっ！」

投げやりな態度になるユリウス。

なんでも思い通りになってきた王子だから、自分の意見を否定されることに慣れていないようだ。

こんな調子で大丈夫か……？

「ふう……お兄さまは幼稚です。まったく王族として無能――」

ふてくされるユリウスに、オリヴィアは追い打ちをかけようとするが、俺がその前に話しかける。

「ありがとうございます。ユリウス殿下。わたしは前衛を務めますから、ユリウス殿下はパーティーの殿《しんがり》をお守りください」

ここは、ユリウスの機嫌を取っておこう。

なんだかんだで、ユリウスはこの国の王子だ。

プライドを傷つけて、恨みを買うのはマズイ……

「俺が……殿？」

「そうです。パーティーの守りの要となる役割です。ユリウス殿下にぴったりかと」

「そうか……ヴァリエ侯爵令息、ありがとう。思ったより、そなたは良い臣下だ。ははは」

ユリウスは笑顔になる。

ふう……なんとか収まった。

「アルフォンス……優しいのはわかりますが、お兄さまを甘やかさないでください。つけあがるだけですよ」

オリヴィアが呆れた調子で言った。

「なんだと……っ!!」

おいおい。せっかく俺がなだめたのに……

◇Side：レギーネ◇

ガタンガタン……っ！

あたしはリーセリアと一緒に、馬車に乗っていた。

目的地は、迷宮都市ロンダルディア――クズフォンスたちがいる場所だ。

「ありがとう。レギーネも一緒に来てもらって……」

「ううん。リーセリアのためだもの。それに、あたしもリーセリアと一緒に旅してみたかったから！」

あたしは微笑みを浮かべる。

ふふふ……これから何が起こるとも知らずに……

あたしとリーセリアは、セプテリオン魔法学園に休暇届を出した。

理由は、領地の仕事があるためと書いた。

もちろん、嘘だ。

だが、まさかアルフォンスに夜這いをかけることを理由にできるはずもないわけで。

リーセリアに合わせて休暇を取って、彼女の旅に同行することにしたのだった。

「…………」

リーセリアのメイドで、今はあたしの共犯者でもあるクリスティアは、リーセリアの隣で黙っている。

あたしと一緒だと気まずいのかしら……？

「クリスティア、どうしたの？　気分でも悪いの？」

リーセリアがクリスティアを気遣って声をかけた。

「リーセリアお嬢様……大丈夫。少し馬車に酔ってしまったみたいで」

「そう……なら、休憩しようかしら」

「いえ……本当に大丈夫です。リーセリアお嬢様……」

ずっと自分がリーセリアを裏切った重圧に、耐えられないのだろう。

思わず笑いがこぼれた。

「レギーネ……どうしたの？　ひとりで笑ってるけど……？」

「あ……っ！　ごめんごめん。ついつい、旅が楽しくって！」

「……？」

今のはヤバかったわ……

ついつい、華麗にリーセリアを嵌められて嬉しくなってしまった。

気をつけないといけない。

少しの油断で、この計画が崩壊する可能性があるのだから。

「そう言えば……セリアはどうしたの？　一緒に来ると思っていたけど……？」

リーセリアが、あたしに普段付きっ切りでいるセリアがいないことに疑問を示した。

「ああ……セリアね。セリアは……クビになったわ」

「え……っ！　セリアがクビ⁉　どうして……？」

あたしの言葉に、リーセリアが目を丸くする。

「あたしもショックなのよ……ううう……っ！」

あたしはいかにも悲しそうな顔をする。

「大丈夫……？　よっぽど酷いことがあったのね……」

「うん……」

「あたしはレギーネの親友よ。何でも話して」

リーセリアは、あたしの肩を抱く。

「ううう……うわあああああああああああんっ！」

あたしはリーセリアの肩で泣いた。

もちろん今言ったのはすべて出まかせだし、この号泣も演技だ。

だが、リーセリアはすっかりあたしの言葉を信じてくれている。

「セリアを失って悲しいのね。泣いていいよ。あたしはレギーネの味方だから」

「あ、ありがとう……っ！」

「それで、何があったの？　もしよかったら話して？」

「………実は、この前、お母さまがあたしの部屋に遊びに来たの。その時、セリアがあたしのネックレスを盗んでいたことがわかって……お母さまがクビにしたの」

万が一、リーセリアにセリアのことを聞かれてもいいように、事前に準備しておいた話だ。

「あたしはクビに反対したの……セリアとはずっと一緒で、普段はすごくいい子だから許してあげてって言ったんだけど……お母さまはダメだって……ううう」

「本当につらかったね。かわいそうなレギーネ……」

よしよしと、リーセリアはあたしの頭を撫でる。

「うわあああん……っ！　リーセリアぁ！」

「大丈夫……レギーネには、あたしがいるからね……」

ぎゅっと、リーセリアがあたしを抱きしめる。

あたしはリーセリアの胸に顔を埋めながら、嘲笑《あざわら》った。

まったくバカなやつね。こんなバカにクズフォンスを奪われてたまるもんですか！

「…………」

そんなあたしをクリスティアが冷たい目で見ていた。

「クリスティアはセリアと仲良かったわよね？　セリアが今どうしているか、何か知ってる？」

リーセリアはクリスティアに尋ねた。

もし裏切ったら殺すわよ……

あたしは視線で、クリスティアに合図する。

「いいえ……何も知りません。セリアは突然いなくなったので」

「そうなのよ……お別れも言わずにいつの間にか出ていってしまって……」

「お別れも言えなかったのね……レギーネ、かわいそう」

「う、う、うえええん……っ！　リーセリア！」

あたしはリーセリアの胸の中で、しばらく号泣の演技を続けたのだった。


「ふう……馬車に乗るもの疲れるわね」

あたしは草の上で横になった。

「そうね……道が悪くてけっこう揺れたし」

リーセリアが隣に座る。

あたしたちは、馬車を降りてランチをとることにした。

クリスティアの作ったサンドイッチを手に取る。

白くて柔らかいパンに、ふわふわの卵と艶やかなハムが挟んである。

毒とか入ってないわよね……

クリスティアが裏切って、あたしを『毒殺』するつもりかも……！

あたしはクリスティアをチラチラ見た。

しかし、クリスティアは澄ました顔をしている。

あ、そうだっ！　リーセリアに先に食べさせればいいんじゃ……！

「リーセリア、先に食べなよ？」

「え……？　どうして？」

「あ……えーと、べ、別に理由はないけど、リーセリアに先に食べてほしい！」

「そ、そうなの？　別にいいけど……」

リーセリアはサンドイッチを口に運ぶ。

それと同時に、あたしはクリスティアをチラリと見るが、特に焦った様子はなかった。

「……おいしいっ！」

リーセリアが笑顔になった。

毒は入ってないみたいね。

クリスティアとリーセリアの様子を見た後、あたしもサンドイッチを食べてみる。

「お、おいしい……っ！」

犬の作ったサンドイッチのくせに……おいしいじゃない……っ！

悔しいけど、クリスティアの作ったサンドイッチはすごくおいしかった。

クッソムカつくけど……

「クリスティア、とってもおいしいわ！　ありがとう！」

「ありがとうございます。お嬢様……」

「大丈夫？　元気ないみたいだけど……？」

リーセリアに褒められても、クリスティアの表情は暗いままだ。

「いえ。申し訳ありません。大丈夫です」

「そう？　無理しないでね……」

相変わらず、リーセリアはクリスティアに優しい。

その優しい姿に、あたしは苛立つ。

いい人すぎる感じが、なんかムカつくのよね。

あたしがイライラしながらリーセリアたちのやり取りを見ていると、ふとリーセリアが声を上げた。

「あれ……？　レギーネ、右手のそれは何？」

リーセリアは、あたしの右手の甲を指さした。

キモジークにつけられた、六芒星の印だ――

「えーと……これはね……」

あたしはリーセリアに、キモジークの手紙のことを話した。

キモジークの手紙に仕掛けてあった条件魔法のせいで、あたしの右手の甲に、緑色の六芒星が刻まれてしまったのだと。

「そんなことあったんだ……気持ち悪いね……」

リーセリアが同情の眼差しで、あたしを見る。

「この手紙よ。マジでキモイから……」

あたしはリーセリアに、キモジークの手紙を渡す。

条件魔法は特定の人物が特定の行為をすることで発動する。

だからリーセリアが手紙を読んでも、条件魔法は発動しない。

あたしだけを狙い撃ちにしてる感じが、マジでキモイわ……

その事実を考えると、キモジークの手紙に改めてゾッとする。

「………」

リーセリアはじっくり手紙を読んだ。

みるみるうちに、リーセリアの顔色が悪くなっていく。

「……本当に、本当に、気持ち悪いね……ごめん。吐きそう」

リーセリアの顔が真っ青になる。

せっかくおいしいサンドイッチを食べていたのに、台無しになってしまった。

「でも……マインドさんにお返事書かないといけないんでしょ？　書かないと手の印は消えないから」

「返事なんて書けないわよ。キモすぎて」

「……あ！　これってもしかして……？」

あたしがそう返すと、リーセリアが何かに気付いたように声を上げた。

そして瞬く間に顔色がさらに悪くなっていった……

ものすごく恐ろしい事実を知ってしまったかのような表情だ。

「ど、どうしたの……？　リーセリア……？」

あたしは震えながら、おそるおそる尋ねる。

「………この六芒星の刻印、監視魔法も付与されているわ」

「か、監視魔法って……？」

監視魔法――名前からして嫌な予感しかしない……

「刻印のついた対象者の行動を、水晶玉を通して監視できる魔法よ。だから今、マインドさんはあたしたちの行動を――」

「ウソ、でしょ……」

リーセリアの言葉を、あたしは最後まで聞けなかった。

あまりにもキモすぎて――いや、怖すぎて……

あ、あり得ないでしょ……っ！

「ごめん。レギーネ、本当よ。この刻印は、監視魔法……」

あたしはリーセリアに言われるまで、条件魔法の発動を示す印にすぎないと思っていた。

まさか監視魔法が刻印に隠されていたなんて……

リーセリアも顔が引きつっている。

「リーセリア……これって、音声も相手に伝わるの？」

「そうねえ……」

リーセリアは、あたしの右手をじっくりと見る。

神さま、お願い……！

あたしは祈ったが、リーセリアは残念そうに首を横に振った。

「……音声も伝わるタイプの監視魔法ね」

「そ、そんな……っ！　じゃあ、今のあたしたちの会話も全部……キモジークに？」

「うん……そうね。確実にキモ……じゃなかった、マインドさんに聞かれてると思う」

「……ウソ、ウソ、ウソ、信じられない――っ！」

あたしは全身が凍りついた。

『身の毛もよだつ』とは、まさにこういう体験を言うのだろう。

怖い、怖い、怖い、怖い、怖い……っ！

あたしはブルブル震えて、リーセリアに抱きつく。

陥れようとしていた親友だけど、キモジークが怖すぎて縋ってしまった。

「大丈夫……リアルタイムで見ているかどうかはわからないから。マインドさんの水晶玉に記録はされているから、いつか見ることになるだろうけど……」

「そっか……なら、まだ見てないかもしれないのね」

「うん。そうね……」

リーセリアの家――ベンツ伯爵家は、もともと聖女の家系だ。

治癒魔法や結界魔法には詳しい。

あと、呪いについても。

呪いの解除は、聖女の仕事だからだ。

そんな家系のリーセリアが言うのだから、正しいはず。

「もしマインドさんがさっきの話を聞いたら……どうしよう……？」

あたしは泣きそうになる。

あたしもリーセリアも、散々ジーク・マインドのことを「キモい」「キモい」と言いまくった。

あんな気持ち悪い手紙を書いてくる、超ヤバい男だ。

もしあたしたちが貶しまくったことを知れば……何をしてくるかわからない。

「レギーネ……こうしたらどうかな？　まず、手紙で丁寧にお誘いを断る。次に、あたしたちが酷いこと言ったことは謝る。ちゃんと謝れば、マインドさんもきっと許してくれるよ……」

「あ、あたしが謝る……？」

なんであたしがあんなクソキモ平民に謝らないといけないのよ……っ！

平民のくせに、侯爵令嬢のあたしを狙うアイツが悪い。

絶対に謝りたくない。

あたしの中で何かが切れる音がした――

「………いやよ」

「えっ？」

「リーセリアがキモジークに謝るのは勝手よ。でも、あたしは謝らない」

「でも……マインドさんのこと『キモい』とか言ってたし……」

リーセリアが呆れた調子で言う。

……あたしは悪くない。

あたしは何ひとつ、悪くないのだ。

だから絶対に謝らない。あんなキモいやつに。

どうせ聞いてるんだったら、クソ平民にわからせてやるわ！

「……はいはい。聞いてますか？　ジーク・マインドさん。あたしはあんたみたいなキモ平民と付き合う気はありません。アンタに比べたら、クズフォンスの方がずっとカッコイイから！　バーカ！　バーカ！」

あたしはでっかい声で叫んだ。

リーセリアが目を丸くする。

「………レギーネ。たしかに、マインドさんは多少気持ち悪いところもあるかもしれないけど、今のはさすがに言いすぎだと思う」

「いいのよ。この際、わかってないやつにはガツンと言わなきゃダメなのよ……っ！」

はーー！　キモジークに全部ぶちまけてスッキリした！

もし何かあれば、クズフォンスに守ってもらえばいい。

だって、あたしの『婚約者』だからね。

◇Ｓｉｄｅ：ジーク◇

古代バルト神殿跡ダンジョン、中層――

そこまでたどり着いた俺たちは休憩していた。

他のやつらは寝ている。

俺は見張り番だ。

モンスターが来たら、他のやつらを起こすことになっていた。

「さあて、そろそろ俺の手紙を開けたレギーネちゃんに監視魔法が発動しているはず。様子を見てみるか……」

「メニュー画面、オープン！」

【メニュー画面を開きました】

どこからともなく機械的な声がすると、俺の目の前にメニュー画面が出てくる。

「アイテムボックスを選択……と」

画面に、俺の所持しているアイテムが表示される。

「水晶玉を選択」

俺はアイテムボックスから水晶玉を取り出した。

このアイテムボックスは奪われなかったな……

クソアルフォンスに、イベントもヒロインも奪われたが……

アイテムボックスだけは俺のものだ。

「……俺のレギーネちゃんはどうしているかな？」

こっそり好きな女の子を見るのは最高に幸せだ。

俺がやっているのは、盗撮じゃない。

前世じゃ、俺の愛を理解しない女ばっかりだったが……

しかし、ここはいわゆるエロゲの世界。

男の夢を実現した世界。

そして、俺はエロゲの主人公だ。

ヒロインたちは、潜在的に俺に抱かれたがっているはず……

「よし。水晶玉、スイッチオン！」

おっ！　レギーネちゃんとリーセリアがいる！

リーセリアも、アルフォンスに汚されたヒロインだ。

「俺が助けてあげないといけないな……」

ヒロインを救出するのは、主人公の使命だ。

アルフォンスをぶっ殺した後に、必ず助け出してやるからな……っ！

「きっとレギーネちゃんは、親友のリーセリアに恋愛相談をしたんだろう。それとも、俺からラブレターをもらったことを自慢したのかな～～っ！」

俺はワクワクしながら、水晶玉を通してレギーネちゃんとリーセリアの映像を見たのだが——

な、なんだ。これは……思っていたのと違う。

そこでは愛するレギーネちゃんが、俺のことを「キモジーク」だと言っていた。

「お、俺がキモい……？」

レギーネちゃんは、俺のことを、「キモい」「キモい」「キモい」と、連呼している。

聞き違いだろうか……？　そうだよな……

俺は水晶玉の映像を巻き戻す。

しかし――

「キモジーク」

「キモジーク」

「キモジーク」

レギーネちゃんは、たしかに俺を「キモジーク」と呼んでいる。

しかも、吐き捨てるような口調で。

まるで汚物を見るような目で。

信じられなかった。

これは嘘だ。

嘘だ。

嘘だ、嘘だ、嘘だ。

あり得ない……！

「俺はこのゲームの主人公だぞ……っ！」

しかもリーセリアまで、俺を「気持ち悪い」と言ってやがる。

クソ……！　俺からすれば負けヒロインのくせに……

「…………」

俺は息が止まりそうになる。

俺はレギーネちゃんを、真剣に愛していた。

オリヴィアみたいに巨乳ではないが、ケツが良くて好きだった……

ツンデレな性格も「可愛い」と思っていた。

だが……レギーネちゃんは、俺を、ジークを、主人公を、拒絶している。

「まるで前世にいた三次元の女と同じだ……」

三次元の女たちは、俺に冷たかった。

イケメンには全力で媚びまくるくせに、俺は無視されて……

俺はこんなに愛しているのに……っ！

俺は前世のクソ女どもを思い出して、歯ぎしりしてしまう。

「エロゲのヒロインたちは……アイツらと違うはずなのに」

これじゃエロゲじゃない。

これは……現実？
も、もしかして……俺は主人公じゃない……？
いや、そんなことはない。
俺は主人公、ジーク・マインド。
エロゲハーレムの主人公だ。
俺は岩の間にある、水たまりを見た。
水面に、俺の顔が映る。
黒髪、黒目の、ジークの容姿。
間違いなく、ゲームの主人公のキャラデザだ。
「俺は主人公であって、主人公ではない……？」
水面に映る顔が、ぐるぐると回って見えてくる。
いや、俺は主人公だ。
そして、寝ているアルフォンスに目を向けた。
このまま呪い殺してやりたい……っ！
そう思った時、俺は気付いてしまった。
『天啓』が下りてきたと言ってもいい。

「そうか……これもアルフォンスの仕業か」

たぶん、こういうことだろう――

アルフォンスは、レギーネちゃんを監視していた。

そのおかげで、俺がレギーネちゃんにラブレターを渡したことを知った。

それでアルフォンスは、俺を絶望の淵に叩き込むために、レギーネちゃんを洗脳して……

たしかにレギーネちゃんは、少しお口が悪い。

だが、それは『ツンデレキャラ』だからだ。

すごく恥ずかしがり屋で、素直にジークへの『好き』を伝えられないだけだ。

そんな奥ゆかしい侯爵令嬢――

「アルフォンスが……俺のレギーネちゃんを汚した……」

絶対にそうに違いない……っ！

アルフォンスが『洗脳魔法』を使って、俺の愛するレギーネちゃんを操っているのだ。

なんて卑劣なクソ野郎なんだ……っ！

本当は『ジークを愛している』レギーネちゃんが、『キモジーク』なんて言うはずない。

レギーネちゃんは、そんな酷いことを言う女の子じゃない……っ！

「なんてかわいそうな女の子なんだ……」

アルフォンスに操られて、レギーネちゃんは苦しんでいる。

愛する主人公に向かってキモいと言わされるとは……！

アルフォンス……貴様は外道だ！

俺がレギーネちゃんを解放してやらないといけない。

「このダンジョン攻略が終わったら、必ず俺が助けに行くからね……」

俺は英雄らしく、ヒロインを救出する決意を固めた。

「さて……」

気を取り直して、レギーネちゃんのお風呂シーンでも見よう。

俺は水晶玉をタッチ操作する。

前世のスマホみたいに、保存した映像をファイルして再生できる機能がこの水晶玉にはある。

――しゅるしゅる……

ブラウス、スカート、下着……と、一枚一枚、服を脱いでいくレギーネが画面に映った。

「……おおおおおっ！　発展途上の未成熟な胸ががが……っ！」

ヤバい。

思わず、叫び出しそうになってしまった。

ははは！　羨ましいだろ！　アルフォンス！

レギーネちゃんの裸を見たのは俺が先だぞ！

アルフォンスに勝った……っ！

「アルフォンス、ざまあみろ～～っ！」

第十二話　真の勇者がモブなわけないよね？

「ここが最深部か……」

俺はつぶやいた。

古代バルト神殿跡ダンジョンの最深部に、ようやくたどり着いた。

広くて白い、大きな部屋だ。

中央にある台座に、剣が突き刺してある。

「あれが神剣デュランダル……？」

ユリウスが指をさす。

「そうですね。神剣デュランダルです」

俺がそう言うと、ユリウスが不審そうに俺を見た。

「……ヴァリエ侯爵令息。まるで見たことがあるかのような口ぶりだな？」

「いえ、俺も見るのは初めてですよ」

危うくバレるところだった……

俺はゲームで神剣デュランダルを見たから、すでにどんな剣か知っている。

長い刀身で、柄に龍の紋章が刻まれている。

ゲームでは、最強の攻撃力を誇る武器。

攻撃した時に追加効果があり、斬撃に加えて、雷属性上級魔法の『ライトニング・ボルテックス』を発動する。

この追加効果で、物理防御力が高い敵を相手にしても、ライトニング・ボルテックスでダメージを与えられるので、どんな相手でも確実に攻撃が通る。

さらに、天に向かって剣をかざせば、補助魔法の『攻撃力倍化』を発動できる。

しかも、対象は味方全員だ。

完全にゲームバランスを破壊する装備だった……

その代わりに、ゲームの設定上当然ではあるが、神剣デュランダルは世界に一本しか存在せず、主人公のジークしか装備できないようになっている。

俺たちは、神剣デュランダルに近付いた。

画面で見るよりも、迫力があるな……

さすがゲーム内で最強装備と言われるだけの風格があるな。

「あれ……ここに何か書いてあるな？」

ジークが石の台座に書かれた碑文に気付く。

【世界を救う真の勇者、この剣を引き抜かん】

碑文には、そう書かれていた。

「……つまり、『真の勇者』と呼ばれる人間だけが、この剣を抜けるというわけですね」

オリヴィアはしゃがんで、碑文をじっくり見ていた。

真の勇者――もちろんジークのことだ。

ジークだけが、神剣デュランダルを台座から引く抜くことができる。

たしかゲームのシナリオではそうなっていた。

「よし……わたしが引き抜くぞ！　わたしこそ『真の勇者』に違いない……っ！」

ユリウスが、神剣デュランダルを柄に握る。

もちろんユリウスは……神剣デュランダルを引き抜けない。

原作のシナリオでは、ユリウスが必死に神剣デュランダルを引き抜こうとしても全然ビクともしなかった。

オリヴィアも引き抜くことができず、最後にジークの番になる。

そして、平民で最も『勇者』から遠い存在だと思われていたジークが、あっさりと神剣デュランダルを引き抜いてしまうわけだ。

それで周囲のキャラたちに驚愕される。

この世界では、かつて魔王を討伐した勇者の血を引いているとされるのは貴族であり、身分が平民のジークが勇者の武器である神剣デュランダルを引く抜くことは、あり得ない話だったからだ。

「……クソっ！　まったく抜けない……っ！　俺は王子だぞ！　クソクソクソ！」

「お兄さま……もう諦めましょう。お兄さまが『真の勇者』なわけないですもの」

やれやれと、オリヴィアが呆れた顔で言う。

「次はあたしが引き抜いてみますね」

ユリウスと入れ替わりで、オリヴィアが台座に上る。

「うんしょ……っ！　……うーん、あたしにも引き抜けないみたいです」

オリヴィアは神剣デュランダルを握りながら、苦笑いした。

ここまでは原作のシナリオ通りだな……

「次は……アルフォンスが試してみて？」

台座から降りたオリヴィアが、俺に言った。

「いや……俺はいいよ。俺が『真の勇者』なわけないし」

俺は断ろうとするが、

「ダメです！　もしかしたらアルフォンスが『真の勇者』かもしれないじゃない！　試してみない

とわからないし！」

オリヴィアが俺の肩を掴む。

やけにグイグイ来るな……

だが、この世界で俺は、ただの『モブ悪役』にすぎない。

絶対に神剣デュランダルを引く抜くことはできないはず……

「ヴァリエ侯爵令息が遠慮するなら、俺が先に試してみますね」

横からジークが台座に上った。

よかった。多少変な流れはあったが、原作のシナリオ通り、ジークが引き抜いてくれる……

これで原作の展開に戻ることができる。

ジークが、神剣デュランダルの柄に手をかけた――

◇Ｓｉｄｅ：ジーク◇

神剣デュランダルは主人公専用武器で、かつて世界を救った勇者の剣。

もちろん、ゲーム内最強の武器だ。

ラスボスの魔王『ゾロアーク』を倒すために必要なアイテムでもある。

そこにオリヴィアに押されるようにアルフォンスが近付いていこうとした。
アルフォンスに触られてたまるか……っ！
俺の剣を、モブ悪役に汚されたくない。
「ヴァリエ侯爵令息が遠慮するなら、俺が先に試してみますね」
俺はアルフォンスを押しのけた。
神剣デュランダルは、お前みたいなモブ悪役が触っていいものじゃない。
台座の上に、俺はゆっくりと上る。
ゲームのキャラたちが、固唾を呑んで見守っていた。
あのアルフォンスも、俺を見ている……。
たしかにここまでは、アルフォンスのせいで世界が狂っていた。
だが、もう、違う。
俺が神剣デュランダルを引き抜けば、それは『勇者』の証だ。
つまり――まごうことなき『主人公』になる。
やっと主人公らしくできるぞ……っ！
俺は神剣デュランダルの柄を握りしめる。
「よし……っ！　引き抜くぞ～～……っ！」

そして、ぐいっと手に力を込めた。

だが……

ぬ、抜けない……⁉

嘘だろ。

抜けないはずはない。

原作の設定では、神剣デュランダルを台座から引き抜けるのはジークだけだ。

「ど、どうしてだ……？　このおおおおおおおお～～……っ‼」

力まかせに俺は神剣デュランダルを引っ張る。

しかし、ビクともしない。

「……シークさん。たぶんシークさんでは抜けないみたいですから、やっぱりアルフォンスに――」

台座の上で必死に神剣デュランダルを引っ張りまくる俺に、オリヴィアが呆れた顔してそう言った。

しかも名前を『シーク』と間違えているし……っ！

「いえ……抜けるはずなんですよ。絶対に！」

俺は思わず叫んでしまう。

「………あの、シークさん、無理しなくていいですよ。シークさんは神剣に選ばれていないのですから。だからアルフォンスに――」

オリヴィアが憐みの目で俺を見ている。

しかも、もうアルフォンスに代われと言っている。

絶対に嫌だ……っ！　アルフォンスに代わりたくない……っ！

「俺は絶対に抜ける！　だって俺は主人――」

ヤバい……

つい焦りすぎて言うところだった。

俺の本当の姿を――

「シークさん、もう降りてください。次はアルフォンスに引き抜いてもらいましょう」

「そうだ。さっさと降りろ。シーク!!」

オリヴィアとユリウスが俺を降ろそうとする。

クソ……っ！　仕方ないか……っ！

俺は渋々、台座から降りた。

……おかしい。

絶対におかしい……

どうしてだ？

俺は主人公ジーク・マインドのはずだ。

俺以外に、神剣デュランダルを引き抜けるキャラはいない。

そしてこの世界は、十八禁エロゲのドミナント・タクティクスだ。どんなにリアルに感じようとも、あくまで『ゲーム』の世界。

いったい何が起こっているんだ……？

「今度はアルフォンスが剣を引き抜いてください。アルフォンスならきっとできます！」

オリヴィアが目をキラキラさせながら、アルフォンスに期待をかけてる。

主人公は俺なのに……っ！

アルフォンスと俺で、オリヴィアの反応が全然違うことにイラつく。

たぶんアルフォンスがオリヴィアを洗脳しているからだ。

普通、メインヒロインがモブ悪役なんて気にしないはず。

洗脳魔法を使って、ハーレムを作っているに違いない……っ！

「わかった」

アルフォンスが台座に上る。

そして、俺の物になるはずの神剣デュランダルを握った。

クソ……っ！　汚い手で触りやがって……っ!!

俺は舌打ちする。
アルフォンスが引き抜けるはずがない。
やつはモブ悪役だ。
本来、このイベントに存在していること自体がおかしい。
とっくの昔に、跡形もなく消え去るキャラだ。
だから、今、ここにいることが、すでに神聖な原作を冒涜している。
許せない……！
今日、ここで必ず殺してやるからな……っ！
しかし、そう思った次の瞬間――
「…………抜けた」
アルフォンスの手に、神剣デュランダルがあった。
台座から引き抜かれている……！
信じられない光景だ。
「すごいわ！　やっぱりアルフォンスが勇者の生まれ変わりだったのね！」
オリヴィアは手を叩いて喜ぶ。
う、嘘だろ……

あり得ない、あり得ない、あり得ない！

神剣デュランダルは、ジーク専用装備のはずなのに……

「さすが我が主人……すごいです！」

「アルフォンス君は勇者だったのか……どうりでな」

後ろにいたクレハとガイウスも納得している。

アルフォンスが、神剣デュランダルを手にしていることに。

まるでそれが、『当たり前』のことみたいに。

アイツが勇者……？　勇者は俺のはずだろ……

アルフォンスが台座から降りると、みんながアルフォンスを取り囲む。

どうしてなんだ……？

原作の設定とまったく違う。

シナリオが完全に破壊された……

「おい！　どけっ！」

俺はアルフォンスの周りにいるキャラをかき分けて、神剣デュランダルを奪い返しに行く。

「おい……どうしたんだ、ジーク？」

アルフォンスが驚くが、俺は無視してデュランダルを掴んだ。

「ぐ……っ！　お、重い……っ‼」

俺が神剣デュランダルを掴み続けていると、ふと、神剣デュランダルが軽くなった。

やっと剣が俺を受け入れたんだ……っ！

そう思った時だった。

神剣デュランダルは、俺の手を離れて宙を舞い、アルフォンスの手の中へ収まった。

「クソ……っ！　寄越せ‼」

思わず叫んでしまう俺。

「おい！」

俺はアルフォンスから、神剣デュランダルを奪い取る。

しかし――神剣デュランダルは俺の手を離れて、再びアルフォンスの手に戻っていった。

◇　◇　◇

モブの俺が、神剣デュランダルを持っているなんて……

「これは神剣の意思ですね」

オリヴィアが、俺が握っている神剣デュランダルを見ながら言う。

「し、神剣の意志……？」

「勇者の装備――『神装武具』には、意志が宿ると言われています。神装武具が勇者であると認めた者にしか、自らを触れさせないのです。そして、勇者でない者の手からは自然と離れると」

そうだ。たしか原作にそんな設定があった。

今まで存在を忘れていた。

モブの俺には、関係ない設定だと思っていたから……

「マジか……」

俺が驚いていると、遠くから声が聞こえた。

「その剣を渡すか、それとも死か……」

向かいからやってきたのは、ファウスト将軍だった――

1～16巻
好評発売中！

勇者召喚に巻き込まれ、異世界に転生した僕、タクミ。不憫な僕を哀れんで、女神様が特別なスキルをくれることになったので、地味な生産系スキルをお願いした。そして与えられたのは、錬金術という珍しいスキル。まだよくわからないけど、このスキル、すごい可能性を秘めていそう……!? 最強錬金術師を目指す僕の旅が、いま始まる！

◉16巻 定価:1430円(10%税込)
1~15巻 各定価:1320円(10%税込)
◉Illustration：人米

◉7巻 定価:770円(10%税込)
1~6巻 各定価:748円(10%税込)
◉漫画：ささかまたろう　B6判

神様お願い!
God please!
～神様のトバッチリで
異世界に転生したので
心穏やかに
スローライフを送りたい～
Kinokonoko
きのこのこ
異世界でのワクワクで快適な生活は
ぜーーんぶ神様の
おかげです。

神様たちの争いに巻き込まれ、異世界に転生してしまった男性、石原那由多。しかも三歳児の姿になっていたうえに、左目には意志を持ち、コミュニケーションがとれる神様の欠片が宿っていた!?　その神様の欠片にツクヨミと名付けたナユタは、危険な森を抜けて、古の空飛ぶ城郭都市の遺跡を発見する。さらに、遺跡にあった魔法のジオラマの中で生活できることがわかると、そこを拠点にすることを決めるのだった。前世の趣味で集めた御朱印を通して日本の神様の力を借りたり、オリジナルの魔法を開発したり……ちょっぴりお茶目な神様の欠片に導かれ、ナユタの異世界スローライフが、いま始まる!

神様お願い!
God please!
きのこのこ
異世界でのワクワクで快適な生活は
ぜーーんぶ神様の
おかげです。
超人気作!!!
……異世界転生も別の神様のせいだけど。

●定価：1430円（10%税込）　●ISBN：978-4-434-34683-5　●Illustration：壱夢いちゆ。

ゆーき
yu-ki
F級テイマーは数の暴力で
世界を裏から支配する
1匹のドラゴンと
100万匹のスライム
どっちが強いか試してみるか？
"量より質"で成り上がり！
蔑まれ貴族の超爽快ざまぁファンタジー！

高校生の遠藤《えんどう》和也《かずや》はある日、車に轢かれ、目が覚めると――なんと異世界に転生し、侯爵家の長男・シンになっていた！　五歳になったシンは神様から祝福《ギフト》という特殊な能力を授かったのだが……それは最低級位、F級の《テイム》であった。この能力でできることと言えば、雑魚スライムを従えることくらい。落ちこぼれの烙印を押されたシンは侯爵家から追放されてしまう。しかし、シンはスライムを『大量』に使役することでどんどん強くなり、冒険者として自由に生きていくことを決意して――蔑まれ貴族が質より量で成り上がる、超爽快ざまぁファンタジー！

F級テイマーは数の暴力で
世界を裏から支配する
ゆーき
yu-ki
1匹のドラゴンと
100万匹のスライム
どっちが強いか試してみるか？
"量より質"で成り上がり！
蔑まれ貴族の超爽快ざまぁファンタジー！

◉定価：1430円（10%税込）◉ISBN 978-4-434-34857-0

◉Illustration：さかなへん

家に住み着いている妖精に愚痴ったら、国が滅びました
著 猿喰森繁
Sarubami Morishige
私を虐げてきた国よ
さようなら!
虐げられた少女が送る、
ざまぁ系ファンタジー!
妖精のお友達が国をぶっ壊したから
幸せを探す旅に出るわ!!
アルファポリス
魔法が使えないために、国から虐げられている少女、エミリア。そんな彼女の味方は、妖精のお友達、ポッドと婚約者の王子だけ。ある日、王子に裏切られた彼女がポッドに愚痴ったところ、ポッドが国をぶっ壊すことを決意してしまう！　彼が神の力を借りたことで、国に災厄が降りかかり――。一方、ポッドの力で国を脱出したエミリアは、人生初の旅行に心を躍らせていた！　神と妖精の協力の下たどりついた新天地で、エミリアは幸せを見つけることが出来るのか!?
●定価：1430円（10%税込）　●ISBN：978-4-434-34858-7
●illustration：キッカイキ

キャンピングカーで往く
異世界徒然紀行
著 タジリユウ
第4回
次世代
ファンタジーカップ
面白スキル
賞!
元社畜が
鉄壁装甲の極楽キャンピングカーで
気の向くままに
異世界めぐり。

キャンピングカーで往く
異世界徒然紀行
著 タジリユウ
元社畜が
鉄壁装甲の極楽キャンピングカーで
気の向くままに
異世界めぐり。
第4回
次世代
ファンタジーカップ
面白スキル
賞!

勇者じゃないと追放された
最強職【なんでも屋】は、
スキル【DIY】で異世界を無双します
著 華音楓 Kaede Hanaoto
レシピと材料があれば
武器でも薬でも家具でも
瞬時にDIY!!
完成
ある日突然、勇者を必要とした異世界の王様によって召喚されたサラリーマンの石立《イシダテ》海人《カイト》。しかしカイトのステータスが、職業【なんでも屋】、所持スキル【DIY】と、勇者ではなかったため、王城から追放されてしまう。帰る方法はないので、カイトは冒険者として生きていくことにする。急に始まった新生活だが、【なんでも屋】や【DIY】のおかげで、結構快適なことがわかり——
◉定価：1430円（10%税込）　◉ISBN 978-4-434-34680-4　◉illustration：ファルケン

この作品に対する皆様のご意見・ご感想をお待ちしております。
おハガキ・お手紙は以下の宛先にお送りください。

【宛先】
〒150-6019 東京都渋谷区恵比寿4-20-3 恵比寿ｶﾞｰﾃﾞﾝﾌﾟﾚｲｽﾀﾜｰ 19F
（株）アルファポリス　書籍感想係

メールフォームでのご意見・ご感想は右のＱＲコードから、
あるいは以下のワードで検索をかけてください。

アルファポリス　書籍の感想　検索

ご感想はこちらから

本書はWebサイト「アルファポリス」（https://www.alphapolis.co.jp/）に投稿されたものを、改題・改稿のうえ、書籍化したものです。

序盤《じょばん》でボコられるクズ悪役《あくやく》貴族《きぞく》に転生《てんせい》した俺《おれ》、
死《し》にたくなくて強《つよ》くなったら主人公《しゅじんこう》にキレられました。
え？　お前《まえ》も転生者《てんせいしゃ》だったの？　そんなの知《し》らんし～

水間ノボル（みずま　のぼる）

2024年 11月30日初版発行

編集－小島正寛・芦田尚
編集長－太田鉄平
発行者－梶本雄介
発行所－株式会社アルファポリス
〒150-6019 東京都渋谷区恵比寿4-20-3 恵比寿ｶﾞｰﾃﾞﾝﾌﾟﾚｲｽﾀﾜｰ19F
TEL 03-6277-1601（営業）　03-6277-1602（編集）
URL https://www.alphapolis.co.jp/
発売元－株式会社星雲社（共同出版社・流通責任出版社）
〒112-0005 東京都文京区水道1-3-30
TEL 03-3868-3275
装丁・本文イラスト－ごろー＊
装丁デザイン－AFTERGLOW
印刷－中央精版印刷株式会社

価格はカバーに表示されてあります。
落丁乱丁の場合はアルファポリスまでご連絡ください。
送料は小社負担でお取り替えします。

ISBN 978-4-434-34867-9 C0093